4
月夜 涙
画 れい亜
世界最高の暗殺者、異世界貴族に転生する
The world's best assassin,
To reincarnate in a different world aristocrat

Contents

The world's best assassin,
to reincarnate in a different world aristocrat

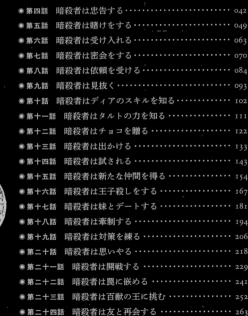

世界最高の暗殺者、異世界貴族に転生する4

月夜　涙

角川スニーカー文庫

22073

Illustration：れい亜
Design Work：阿閉高尚

Prologue

プロローグ　暗殺者は聖域に招かれる

The world's best assassin, to reincarnate in a different world aristocrat

兜蟲《かぶとむし》魔族を倒した俺たちは、王都に向けて進んでいた。

使っている乗り物は、サイの魔物を使った馬車。

パワーもスタミナも普通の馬車とはまったく違う。

「これだけ強力な魔物をよく手懐《てなず》けたものですね」

隣に座っているグランヴァレン侯爵へと問いかける。

年上かつ、俺より立場が上の人物なので、敬語を使う。

「苦労しましたよ。我が領は何代も前から魔物の調教を行うための研究を続け、ようやく私の代で形になりました」

どうりで情報が少ないはずだ。

魔物は、魔族や魔王の出現と同時に数を増やすが、それ以外の時期にまったくいないわけでもない。魔力を持つぶん、他の動物より強く、丈夫。そのため、有効活用したいと思ったものは数多くいたが、その狂暴性のためとん挫している。

「サイの魔物以外にも調教を？」

「いいえ、この魔物だけです。魔物によってまったく違いますからね。ですが、こいつだけで十分。戦場でも大活躍しますよ」

「たしかに、こいつと戦場ではやり合いたくありませんね」

硬質化した皮膚は、矢や槍《やり》を歯牙にもかけない。

こいつが数体突進してくるだけで戦線は崩れるだろう。

「我がグランヴァレンの魔操術は、トウアハーデの医術にも引けをとらない価値があると自負しております」

「ええ、私もそう思います」

さて、世間話はこれぐらいにしておこう。

王城に行く前に備えが必要になるかもしれない。まずは情報がほしい。

「さきほど、グランヴァレン侯爵は王城で、私が魔族を倒したことを称《たた》える準備があるとおっしゃいましたが、王城についてからの予定は決まっているのでしょうか？」

「ええ、急遽《きゅうきょ》、パーティの開催が決まりました。四日後の予定です。そのため、こうして私の力が求められました。アラム・カルラ様が聖域に招きたいとも言っていましたね」

普通の馬車なら四日でたどり着けるか怪しいし、彼の力が必要なのはその通り。

気になったのはパーティの開催が決まったということ。魔族を倒したことを信じているというのが口先だけではない証拠だ。

しかも、聖域にアラム・カルラだと。

とんでもない大物が出てきたものだ。

「なぜ、中央は私の報告を信じたのでしょう？　勇者以外が魔族を倒したなど、普通は信じませんよ」

「そこまでは。私はただ、聖騎士様を迎えにいくように言われただけなので」

「なるほど、ではあなた個人は私の報告を信じますか？」

「むろん、信じますよ……なにせ、私とあなたは仲間ですから」

「仲間？」

グランヴァレン侯爵は意味ありげに笑い、耳元でささやく。

「私もノイシュに賛同したものです」

ノイシュ。この国の四大公爵家に生まれた俺の同級生。

彼はこの国を変えようとしている。

……騎士学園内で仲間を集めているのは知っていたが、グランヴァレン侯爵のような人物まで引き込んでいたとは。

それからも、馬車の中でいろいろと探りを入れた。

確信は得られなかったが、だいぶ情報は集まった。

◇

普通の馬車であれば、五日はかかる王都へ僅か一日半でついた。

途中、王都郊外にある学園付近を通ったが、急ピッチで復旧が進んでいた。

馬車は王都に入り、そのまま王城に向かう。

そして、儀礼服を渡され、着替えるように言われる。

その服は、騎士をイメージした学園の服をさらに格調高くしたもの。

俺のものとは違うが、ディアとタルトも儀礼服を渡された。

俺は聖騎士の身分を得ており、ディアとタルトはその従者として認められているのだ。

「ルーグ様、かっこいいです」

「うん、ばっちり決まってるね……でも私はいまいち似合ってないかも。こういうぱりっとしてかっこいいのは身長がないとかっこつかないよ」

「……私も自信ないです。それに、ちょっと胸のところが。ふんわりしてると楽なのに」

タルトが息苦しそうにしている。なぜ苦しいかは聞かないでおこう。ディアが恨めしそうに見ているが、それも知らないふりだ。

「俺は二人とも似合うと思うよ」

この二人がこういう男性的な服を着るのは新鮮だ。

ただ、マーハならもっと似合うのかなと思う。

「ルーグがそう言ってくれるなら、悪い気はしないよ」

「はいっ、私もがまんできます」

「なら、良かった。そろそろ行こうか」

使用人がそわそわしている。上から急《せ》かされているのだろう。

◇

グランヴァレン侯爵はアラム・カルラが聖域で待っていると言っていた。

アラム・カルラ。それは個人名ではなく、この国の主教であるアラム教、その最高位巫女《みこ》を示す言葉であり、襲名。

城の隠し通路を通り、案内された部屋は、どこか神秘的な空気が流れていた。

この世界では珍しいステンドグラスがちりばめられ、アンティークめいた燭台《しょくだい》によって照らされている。

気になるのは視覚を遮る黒い光というべき力が壁の周辺に流れていること。

ここが聖域か。

「なんだか、すごく綺麗《きれい》なところだね」

「はいっ、気が引き締まります」

ディアとタルトが周囲を見て、目を白黒させている。

彼女たちは、まだこの聖域の異常さに気付いていないので、国宝級の調度品などに素直に見惚《みと》れている。俺たち以外も呼ばれたようで、新たな来客が現れる。

「ノイシュ、エポナ、それにレイチェル殿。お久しぶりです」

「レイチェルでいいわよ。あなたは聖騎士で私より身分は上なんだから。敬語もやめて」

ポニーテールで長身の美しい女性、レイチェルは騎士学園を首席で卒業した、若手騎士のホープ。

「意外な取り合わせだ」

「えっとね、いわゆる勇者パーティってやつよ。エポナに配慮して、歳《とし》が近く、なおかつ優秀なものって人選。そっちのノイシュは家柄も勘案されてるかもしれないけど」

「……それは僕を侮辱しているのか？」

「事実を言っただけよ。私としては君のほうが良かったんだけどね。まさか、聖騎士になってすぐに魔族を倒すなんて。優良物件かも」

そういいつつ、腕を絡めて胸を押し付けてきた。

ディアが不機嫌そうに睨《にら》み、タルトが涙目になった。

そして、レイチェルは冗談よと言って離れ、ノイシュは苦笑しつつ、相変わらずもてるねと笑った。

「エポナは何か聞いているか？　俺たちは、いきなりここへつれてこられたんだ」

勇者であり、中心人物のくせにレイチェルに隠れるようにしていたエポナに質問をする。

「えっとね、大事な話があるとしか僕たちも聞いてないんだ」

相変わらずエポナはおどおどとしている。

彼女もレイチェルと同じくボーイッシュな少女ではあるのだが、凛々《りり》しいイメージがないので、服に着られている感じがする。

「そうか、似たようなものか。あれから、おまえたちはどうしていたんだ？」

「特に事件とかはなくてね」

近況報告と情報交換を行う。

勇者組のほうは、王都及び、その周辺の中央に対する守りということで、訓練ばかりしているらしい。

そうこうしていると、白い貫頭衣を纏《まと》った、白い髪の女性が現れる。

二十代前半の美女。アラム・カルラ、最高位巫女。

こうして実物を見るのは初めてだが、一目見てわかった。この巫女は、俺をこの世界に送った女神を模している。

白い髪は、染めたもので生まれ持ったものじゃないし、それは偶然ではない。

何かの理由があって、女神はこの国に干渉して姿を見せているからこそ、姿を真似《まね》られている。おそらく女神が世界の運営のために都合のいい宗教を作ったのだ。

「よくぞ、集まってくださいました。人類の盾となるものたちよ」

アラム・カルラが良く通る声で話しかけてくる。

……聞く者が聞けばわかる。これは訓練によって身に付けた人の心に響く声。

宗教というのは精神的なものではあるが、それを広める、あるいは信奉させるための手段は理詰めの技術によって為《な》される。

このアラム・カルラの振る舞い、発声方法、間の持たせ方、それらすべてが計算尽く。

「ここに来ていただいたのは、あなた方に秘密を打ち明けるためです。選ばれしものに真実を明かしましょう」

彼女の言葉と共に燭台の炎がすべて消える。

そして、暗闇が訪れた。

壁際でうっすらと何かが光り、それらを隠していた黒い光が消え失《う》せた。

光は壁際に等間隔に並べられた石像から溢《あふ》れている。

蛇、豚、兜蟲、それらと人が混ざったような異形の石像が全部で八体。

……そして、豚と兜蟲の石像だけが光の色が違う。他はうっすらとした緑なのに、赤い。

「偶然なわけがないよな」

今まで出会った魔族三体のモチーフである蛇、豚、兜蟲《かぶとむし》が八体の像の中に存在し、エポナが殺した豚と、俺が殺した兜蟲だけ赤い光になっているのが偶然なら逆に驚く。

「魔族は合計で八体存在し、すでに二体が倒されました。あなたたちの仕事は残り六体の魔族を倒すこと。そして、魔族が行おうとしている、魔王復活を阻止すること」

ここにある像と魔族の命がリンクしているからこそ、俺の報告を信じたのか。

いや、報告をするまでもなく、魔族の死を知っていたからこそ、ああいう対応をした。

それにしても魔族が行おうとしている魔王の復活を阻止だと？　魔王は自然発生するのではなく魔族が動かないと復活しないのか？

なぜ、そんな情報を今になって出してくる？

他にも、気になることはある。

こうして、八体の像があると知っていれば、モチーフから敵魔族の特徴を推測でき、有利に戦えたはずなのに、なぜ今の今まで教えてくれなかった。

この不条理を問いただせなければ。再び灯がともる。

アラム・カルラは微笑《ほほえ》むだけ。これだけで彼女からの話は終わりらしい。

俺は彼女を見上げ、それからゆっくりと口を開いた。

Episode1

第一話　暗殺者は思わぬ再会をする

The world's best assassin, to reincarnate in a different world aristocrat

「アラム・カルラ様。なぜ、情報を前もっていただけなかったのでしょうか。ここにある魔族像を見せていただければ、現れる魔族とその能力を推測でき、準備ができました」

姿というのは重要だ。

魔物や魔族というのはそのモチーフに相応《ふさわ》しい能力を持っている。

それに、こんな石像があるぐらいだ。俺がバロール商会の情報網を使い調べても見つからなかった、魔族の情報もあるはずだ。

「あなたのおっしゃることはごもっともです。ですが、この【聖域】は秘中の秘。信用に値すると判断するまで、ここを見せるわけにはいかなかった」

信用していないのなら、魔族殺しを押し付けるな。

その言葉を飲み込む。

「そういうことなら、魔族が魔王を復活させようとしていること、そしてそれをどうやって為すのかも、秘中の秘というわけですか」

「もちろんです。本来は勇者にしか伝えない情報です。この情報が漏れるだけで、この国が衰退しかねません。ですが、聖騎士様は話すに値すると教会は判断しました」

……この言葉でピースが嵌《はま》り、だいたい推測はできた。

材料はいくつかある。

一つ、兜蟲魔族が作ろうとしていた生命の実。

二つ、王都の連中が過剰に魔族による襲撃を恐れていたこと。

三つ、実際に襲われていた街の現状。

四つ、国が衰退するという言葉。

それらを複合的に考えれば、答えはかなり絞られる。

「魔族は人間の命を使って、生命の実を作りあげ、それを捧《ささ》げることで魔王は復活する。おそらく生命の実に必要な人間の数は数万人の規模、よって大都市ほど狙われやすい」

「ご名答です。頭がいいのですね。ええ、魔族の目的は人間を殺して魂を集め、生命の実を生み出すこと。魂の強さには強弱があり、例えば、勇者エポナ、あなたであれば一人で賄えますが、普通の人間であれば五万人ほどです」

五万人と聞いて、俺以外の顔に驚愕《きようがく》が浮かぶ。

これを国が公表できるわけがないというのも納得できる。

魔族の目線で考えればわかる。

五万人の魂を集めるのに、ちまちま百人や二百人の村を襲ったところで埒《らち》があかない。

万の単位で人が住んでいる大都市を狙う。

俺が化粧ブランドを立ち上げたムルテウなどの商業都市、王都のような首都だ。

そして、そのことを国が公表すればどうなるか？

商業の盛んな街や首都から人が大量に流出して、その機能を停止する。

経済や政治の混乱で国力は低下する。

人の多い街ほど狙われるなんてことを公表するわけにはいかない。

……そして、それを知っているからこそ、中央の連中は勇者をここに釘付《くぎづ》けにしたのだ。

「今まで隠していて、ごめんなさい。あなたが私と同じ、【選ばれしもの】だと確信できていれば……」

「【選ばれしもの】とは？」

「偉大なる白亜の女神、ウェヌス様から神託を受けたのでしょう。あなたの手紙に書かれていた女神の特徴はまごうことなき、私が夢で会っているウェヌス様。それに、魔族を殺す魔法を授かったなんて、これはもう、女神様の寵愛《ちょうあい》を受けた、【選ばれしもの】としか考えられません」

……アラム・カルラは最高位巫女《みこ》であり、女神の代弁者と言われている。

女神の代弁者というのはただの箔付《はくづ》けだと思っていたが本物だったようだ。

夢の中に、あの女神が現れる。つまり、アラム・カルラの役割というのは、女神の声を人間社会に伝えるためのスピーカーだ。

「アラム・カルラ様、私は【選ばれしもの】とは少々違います……私の場合は、幼き頃と、先日、【魔族殺し】を授かったときの二度しか女神様は会ってくださいませんでした。アラム・カルラ様はどうなのでしょうか？」

「おおよそ、三か月に一度ほどです。この世界は、至高の女神ウェヌス様のお言葉を我らアラム・カルラが伝えることで繁栄してきました」

いろいろとふに落ちた。超常現象や奇跡など使わずとも、未来を読める女神なら言葉だけで干渉は可能だ。非常に省エネで理にかなった干渉方法。

「アラム・カルラ様、次に女神様と繋《つな》がったとき、私からの礼を伝えてください。『あなたの期待に応えてみせる。だから見守っていてほしい』……と」

「まあ、素敵。ちゃんと伝えておきますわね」

ちなみに俺の女神への礼をわかりやすく言い換えれば、『おまえの望みは果たしてやるから余計なことをするな』。

「勇者と、選ばれしもの、その仲間たちよ。聞きなさい。残り六体の魔族の討伐及び、魔王復活の阻止、それこそがあなたたちに課せられた使命」

俺たちはアラム教特有の礼をして応える。

……さて、一気に情報が集まったな。

そして、俺には蛇の魔族からもたらされた情報もある。

魔王の復活に必要なはずの生命の実、それを兜蟲魔族が生み出すことを蛇魔族は嫌った。

そこから想定されるのは、魔族たちは誰が魔王を復活させるかを競争していること。これはつけ入る隙になる。

その後、聖域を出る。ここで知ったことは他言無用であると念を押された。

隠し通路を抜けて、城内に戻るとエポナが話しかけてきた。

「あんな秘密があったなんてびっくりしたね」

「そうだな。もっと前に知りたかったが、向こうにも向こうの事情があるんだろう」

「がんばらないとね。魔王なんて危ない人、僕たちが復活を阻止しないと」

俺は微笑んで頷《うなず》く。

そして、俺だけが知っている未来を思い出した。

エポナは、女神の見た未来では魔王を殺してからおかしくなったとある。

つまり、魔族による魔王の復活までは確定した未来。

いや、諦めるのは早計だな……未来が決まっているのなら俺がこの世界に来た意味がない。ぎりぎりまであがいてみよう。

◇

後日、パーティが開かれた。

俺が聖騎士に任命されたときも盛大だったが、それ以上だ。

参加者の表情が違う。

地方の貴族や、地方に縁者を持つ貴族たちの顔が明るい。

ようするに、前回の時点では俺の力を信じておらず、魔族が現れた際に守ってもらえるのかを不安視していた。そんなおり俺が魔族を殺して、ようやく信用された。

そのことを責めるつもりはない。俺自身ですら、魔族を殺せる確信はなかったのだから。

さきほど壇上で魔族討伐を称《たた》えられ、同時に教会から【選ばれしもの】の認定を受けた。

これでさらに動きやすくなる。

魔族を討伐するため、そういう前提条件が必要だが、その場合この国に俺の行動を咎《とが》められるものはほぼいなくなった。

……もしかしたら、こうなったのも女神の計画の一つかもしれない。アラム・カルラという存在自体が、俺を【選ばれしもの】と認定させ、動きやすくするための駒。いや下手をすればこの国自体がそうなっているかもしれない。

そして、意外なことが一つある。

俺が送った【魔族殺し】の術式が公表された。

この場には他国の貴族すら招かれているというのに。

この【魔族殺し】はやりようによっては、強力な外交カードになったはずなのに。

勇者以外が、魔族を殺せるようになる手法は勇者がいない他国にとっては喉から手がでるほど欲しいもの。

なぜなら、アルヴァン王国以外は、魔族が出た時点でほぼ終わりなのだから。

そんなカードを無料で渡すのは異常。

「あら、聖騎士様。グラスが空になっておりますわよ」

褐色の肌に黒髪。妖艶な体をエロティックな服で覆った貴婦人が両手にグラスをもって現れ、その片方を俺に渡す。

……なぜ、ここにいる。いったいどういうことだ？

動揺を一切見せないようにしつつグラスを受け取る。

「貴方《あなた》とこのようなところで出会うとは夢にも思いませんでした」

「聖騎士様、私たちは初対面ですわよ。ふふっ、どなたかと勘違いされてはいませんか？」

勘違いなどであるものか。

兜蟲魔族を倒したあとに出会った蛇の魔族だ。

蛇の因子を覆い隠し、人間に擬態している。

魔族特有の瘴気《しょうき》も魔力も抑えられている。

……しかし、わかる。

暗殺者というのは変装を得意としており、故に見抜く技術も持っている。見た目だけじゃなく、匂い、話し方、くせ、間の取り方、仕草、様々な要素で識別ができるのだ。

「人違いだったようですね。申し訳ない。ですが、これもなにかの縁、後ほど場所を移してゆっくりと話しませんか？」

「あら、デートのお誘いですか？　聖騎士様とデートなんて光栄ですわ。では、後ほど」

向こうが応えるのは想定内。

でなければ、俺の前に顔を出さなかっただろう。

蛇魔族がスカートを持ち上げ礼をして去っていく。去った先では男性貴族たちがわらわらと群がっていく。……貴族どもは色ボケした顔だ。

彼女を見ていると、皿に料理を盛りつけたディアとタルトがやってくる。

「ああ、ルーグったら鼻の下伸ばして！　すっごい美人だったもんね」

「あの、ああいう方がお好みですか？」

二人にはあれがどういうものかわかっていないらしい。

「好みというわけじゃないが、少し気になってね」

「へえ、私、タルトが相手だったら浮気を許すって言ったけど、ぽっと出のお色気お姉さんに浮気したら怒るからね」

「ディア様、その、ルーグ様に限ってそんなことは」

ディアに疑われたのは悲しいが、嫉妬するディアは可愛《かわい》らしいと思う。

「安心してくれ。俺が愛しているのはディアだ。彼女とは本当に仕事なんだ」

「ふうん、じゃあ信じてあげるよ」

そう仕事だ。

俺がこの世界にやってきた意味、そして今は聖騎士としての仕事。

あとで蛇魔族と会う約束はしたが、それだけじゃダメだ。

あれがどういう立場でこの国に入り込んでいるか探ってみよう。

～女神視点～

真っ白い部屋で純白の女神はいつものように世界を監視し、分析する。

純白の女神は、一人でいる間は人形のごとき無表情。

女神は千の顔を持つ、相手によって、状況によって、もっとも効果的な顔を作り出せる。

逆に言えば、一人のときには表情なんてものは必要なく、そのような労力は払わない。

どんな表情にも変化できるからこそ、その顔は究極のニュートラル。もし、今の女神を人間が見ればこう言うだろう。まるで機械のようだと。

「フェイズの進行を確認。世界崩壊予測からの逸脱を確認。誤差、5・623。不確定因子、ルーグ・トウアハーデによるものと推定。彼による魔族の討伐及び、世界改変が主な要因。崩壊への到達確率、99・87%から、86・34%へと低下」

依然として九割弱の確率で世界は滅びる。

だが、大きな進歩だ。ほぼ確実な滅びからは脱却したのだから。

「ファラン・フォルテール、デーキュ・グロウライナ、ナクア・コルアドルフの死亡を確認。残存外的因子はルーグ・トウアハーデのみ。外的要因の現象により、リソースを確保。こちらを用いて新たな外的要因を……否《いな》」

女神は何も信じない。ただ、確率だけを考える。

シミュレーションの結果、世界という箱の中にある何を使っても世界は滅びる。

だから、世界の外からイレギュラーを招くしかなかった。

その第一号はルーグ・トウアハーデだ。

そして、外的要因はルーグ・トウアハーデだけではない。

確率の問題。単一個体にリソースをつぎ込んで成功率を上げるより、試行回数を増やしたほうが効果的だ。

テストの点数と同じ。七十点を取るのは簡単。そこから点数を上げていくのはひどく苦労する。満点を狙おうとすれば、三倍以上の労力がかかる。

だからこそ、女神は一人にコストをかけない。誰か一人を信じ、リソースを費やして満点まで上げることよりも、同じコストで七十点を量産し、そのうち誰かが世界を救うことを期待する。

そちらのほうがよほど成功率が高い。そのはずだった。

「行動指針の誤りを確認。ルーグ・トウアハーデは特別であると認定する。上位存在への提案。ルーグ・トウアハーデの功績を送付。追加の外的要因を招いての試行回数の増加よりも、ルーグ・トウアハーデへのリソース集中を。確率論では語れない何かが、ルーグ・トウアハーデにあると判断」

確率論として今までの判断が間違っていなくとも、現実としてルーグ・トウアハーデ以外の外的要因は世界になんら影響を与えることもなく死亡した。

女神は今でも当初の判断を誤っていたとは思わない。

だが、女神は己の判断に固執することはない。

己の計算を上回る事象があるなら、それを認めた上で別の答えを出す。

今回であれば分析の結果、ルーグ・トウアハーデという個体が、異常であり、それに賭ける価値があると認めた。

ならばこそ、外的要因が死んだことによって確保したリソースで新たな弾を補充することよりも、ルーグ・トウアハーデに賭けることを選択し、提案したのだ。

上位存在が、女神からの提案を判断し、了承される。

「承認を確認。ルーグ・トウアハーデへの追加リソースを確保。世界を彼に預ける」

もう、この世界に外的要因を招き入れることはない。

ルーグ・トウアハーデに賭ける。

それはルーグ・トウアハーデにとって朗報であり、同時に凶報でもある。

なにせ、今まで以上の支援を受けられる代わりに、彼が失敗すれば世界が終わる。

「追加リソースの、有効活用法をシミュレーション。七万二千三百四十六通りを計算。……その上で、もっとも確率が高い……否定、ルーグ・トウアハーデに限り確率は絶対の指標にはなり得ない……重要視するべきは別にある」

女神は一つの決断をした。

神の権能による、未来演算の答えを無視した判断。

「上位存在へのリソース要求……承認……リソースの使用まで三十七日が必要。それを有効活用するため、現世のチャンネル、アラム・カルラにアクセス」

アラム教。人類を導く……といえば聞こえがいいが、世界を低コストで管理するための舞台装置、その巫女《みこ》たるアラム・カルラの夢へと現れて言葉を伝える。

女神が世界に干渉する際、ありとあらゆる行動にリソースを消費する。

世界中の人間に言葉を伝えるなどは、消滅を覚悟するほどの負担を強いられる。

しかし、ただ一人の夢に現れるだけならば極めて低コスト。

少女一人に夢で語りかけるだけで、世界宗教であるアラム教は勝手に拡散する。

こんな便利な舞台装置は自然にできたわけじゃない。必要だから作った。女神の力を用いればさほど難しくはない。

当代アラム・カルラの夢で、女神は微笑《ほほえ》む。

そして、ルーグ・トウアハーデについて語る。

慈悲深い聖女の笑みを浮かべた。女神は常に、相手が望む自分を作る。神に依存し、すがりつき、理想を押し付ける相手には、どんな表情が必要かよくわかっている。

少女との接続を切る。そして、瞳を閉じた。

眠るわけではなく、完全なシャットダウン。

できることがなくなった。だから、然《しか》るべきときが来るまでは電源を切る。

アラム・カルラ教がただの舞台装置として作られたように、女神もまた、ただの世界を管理するための装置に過ぎない。

女神は今日もまた、たんたんと世界を管理する。

Episode2

第二話　暗殺者は駆け引きする

The world's best assassin, to reincarnate in a different world aristocrat

蛇魔族と再会するとは思っていたが、こんなにも早く、よりにもよって王都のパーティでとは。

魔族が王城で開催されるパーティに参加しているのは致命的だ。このパーティに参加できるのはこの国でも名が通っている者ばかり。

その気になれば蛇の魔族は、いつでもアルヴァン王国の中枢にいる王侯貴族を皆殺しにできてしまう。

蛇の使用人に連れられ、貴賓客に貸し出される部屋が集まったフロアを歩く。

視線が集まる。

聖騎士にして、【選ばれしもの】なんて称号を得た俺は注目のまと。

そんな俺が夜遅くに女性の部屋、それも妙齢の美女を訪ねるのだから、明日には噂《うわさ》が流れるだろう。

使用人がノックをし、部屋の主が応え、扉が開かれる。

「お招きいただき、ありがとうございます。グランフェルト伯爵夫人」

あれから、蛇の魔族が擬態した女のことを調べた。

グランフェルト伯爵夫人。

グランフェルト伯爵、その先代は有能だったが、無能な跡取りが財産を喰《く》い潰した。絵にかいたような没落貴族。

その没落貴族のところへ半年前に嫁いできたのが彼女だ。

嫁いでから、一か月後にグランフェルト伯爵は死に、その後は彼女がグランフェルト領を切り盛りし、たった数か月で領地経営は一気に改善した。

その美貌と手腕から、領内、領外で人気があり、評価もされている。

魔族がそこまで人間社会に適応できるなんて驚きだ。

「ふふふ、聖騎士様が来られるのを楽しみにしておりましたの。ささ、どうぞこちらへ」

褐色の妖艶な体をした美人が微笑む。

くらくらとするほどの色気。

【獣化】したあとのタルトと同じようにフェロモンを撒《ま》き散らかしている。濃度がタルトの比じゃない。タルトと違い、意識的に放出しているからだろう。

それが、肉感的な体と、男を誘う仕草との相乗効果で、否応《いやおう》なしに吸い寄せられる。

暗殺者としての訓練で薬物耐性を持ち、フェロモンを知り、その対策を行っている俺でも相当やばい。

普通の人間がこんなものを喰らえば一発で骨抜きだ。

「いいお茶がありますのよ」

「いや、いい。喉は渇《かわ》いておりませんので」

「そう警戒なさらないでくださいまし。毒などは入っておりませんわ。私、あなたをもてなしたいだけですの」

「面白い冗談ですね」

笑わせるな。いきなりフェロモンをまき散らし、男を誘う仕草を続け、こちらを魅了しようとする女を警戒するなと？

「あら、ばれてました？　でも、そんな他人行儀にする必要もありませんのよ。なにせ、ここにいるのは、こちら側のものだけですもの。戦場のように、ナイフのように冷たく鋭利なあなたを見せてくださいまし。そちらのほうがよほどあなたらしくて、そそりますすわ」

グランフェルト伯爵夫人が指を鳴らすと、使用人たちが巨大な白い大蛇へと変わる。

擬態能力を持つ魔物というわけか。

人間がいないのなら、魔族殺しの暗殺者として話ができる。お言葉に甘えるとしよう。

「なら、そうさせてもらおう。……ここで騒ぎを起こせば、グランフェルト伯爵夫人の皮がはがれるしな。暴れるのも悪くない」

「あなたは頭が回る人なので、そのようなことはしないですわよ」

俺のことがよくわかっている。

こうして、使用人が魔物だったのだ。

ならば、この使用人以外にも人に化けた魔物が城内に潜り込んでいると考えるべき。

奴《やつ》がその気になれば、あちらこちらで惨劇が生まれてしまう。

俺はそれを望まない。

この魔族は頭がいい。交渉相手としては油断ならないが話が早くて助かる。

「魔族が王城に招かれるほどの貴族になっているとはな。まったく、ここまで絶望的な戦いだとは思っていなかったよ。こちらの動きが筒抜けで、あげくの果てに重要人物の命まで握られている。それに……いったい何人を骨抜きにした。その気になれば、この国を操れるのだろう？」

俺はフェロモンに耐えられたが、そうじゃないもののほうが多いだろう。

どれほど、国の中枢に蛇の操り人形がいるのか考えたくもない。

加えて、色香以外にも人を従わせるためのカードを蛇は持っているはずだ。

「そこまで多くないですわ。貴方《あなた》は合格ですけど、結構グルメですの。でも、傷つきましたわ。私に靡《なび》かない男がいるなんて」

蛇の指が俺の胸板を撫《な》でしなだれかかってくる。

「残念ながら、お前よりずっと魅力的な女性を知っているからな」

「それはまあ、ふふっ、どちらの子でしょう？　銀色のお人形？　それとも金色の子ギツネちゃん？　お二人ともとても可愛《かわい》らしいですものね。男の子の純愛っていいですわ。思わず、ぶち壊したくなってしまいますもの」

「ディアとタルトに手を出してみろ、おまえを排除する。この国そのものを人質にしていようが、知ったことか」

殺意を向ける。

常人なら、それだけで失神させることができるほどの濃度でだ。殺気を完全に隠せるのだから、当然、その逆も可能。

蛇の微笑が若干引きつる。

こちらの本気が若干伝わったようだ。

「ごめんなさいね。怒らせる気はなかったの。悪ふざけはここまでにして交渉しましょう」

いよいよ本題か。

蛇が這《は》わせていた指を引っ込め、離れていく。

「お前は魔王の復活を望んでいない。そうだろう？」

もし、この蛇が本気であれば俺に正体を明かすなんて絶対にありえない。

この国をある程度意のままに操れるので彼女が魔王復活を狙っているなら権力者を操り、

勇者や俺を遠ざけるよう命令を出させ、その間に大きな街を狙う。

それを数回繰り返せばいい。それができてしまう立ち位置にいる。

「話が早くて助かりますわね。実は私、魔王様には復活してほしくないのですよ」

「その理由は？」

「魔王が復活すれば、魔族は死んでしまいますの。私、死にたくありませんわ」

「実にわかりやすいな。だが、もう少し細かく話してくれ。なら、どうして他の魔族は魔王を復活させようとする。おかしいだろう？　おまえ以外の魔族は自殺志望者か？」

めんどくさそうに、蛇はあくびをする。

「魔王が復活する条件は、生命の実を最低三つ捧《ささ》げること。そして、復活すれば、すべての魔族を吸収してしまいますのよ。魔王のベースになるのはもっとも多くの生命の実を生み出した魔族。消えたくなければ、誰より多くの生命の実を作るしかないのですわ」

……つまり、魔族は魔王の栄養でしかないのか。

餌を運び、そして最後には己すらも捧げる。

「なぜ、ほかのものより先に生命の実を作ろうとしない？」

「仮に、私が魔王のベースになったとしても、それは本当に私ですの？　他の魔族や、生命の実……数万の人間の魂を注がれるなんて吐き気がしますわ。私は私のままがいい、私の中に誰かが入るなんて許せない。だから、他の魔族の足を引っ張りますの」

「理にはかなっているが、それなら他の魔族を説得したほうが早いのではないか？　他の魔族も同じ考えかもしれない」

「無理ですわよ。あのバカども、自分が魔王になることしか考えていませんし。魔族とは本来、力を求めるもの、奴らはその本能に従うだけの動物ですの」

「おまえは違うのか？」

「ええ、これ以上の力はいりませんわ。人間の中に交じっての暮らし、それなりに楽しんでおりますの。領地経営も順調ですし、贅沢《ぜいたく》も思いのまま。人間の文化に感心、いえ尊敬と心酔をしておりますの。今の生活を続け、人間の作る文化と娯楽を楽しみつくしたい。それが私の願い。だから、他の魔族が邪魔ですのよ」

暗殺者として必須の技能に読心術がある。

この女は〝ほとんど〟嘘《うそ》を言っていない。

「なら、利害は一致する」

「ええ、だからあなたに魔族だと明かしたの。勇者のほうはケツが青すぎて、交渉になりませんわ。正義感に振り回されて破滅しますわよ、あの小娘。でも、あなたは違う。次はあなたの番。ふふ、たくさん、こちらは情報を公開したのだから、そちらも何かためになる情報を提供するべきでは？」

たしかにそれはそうだ。

今のところ、一方的にこちらが得をしている。

「そうだな。なら、とっておきの情報をやろう。俺と組まなければ魔王は確実に復活し、おまえは死ぬ。女神とやらに未来を知らされたよ。このままでは魔王は復活し、その魔王を勇者が殺し、その後、暴走した勇者によってこの世界は滅ぶ。……俺の目的はその未来を変えることだ」

「あらま、あの【選ばれしもの】って本当でしたの」

「そうだ、俺は女神の指示で動いている。その女神の意志で俺は本来訪れる未来を変えているんだ。魔王が復活する未来をおまえは望まないはずだ」

半分は嘘だが、半分は本当だ。

「へえ、そうですの。それは、協力しないわけにはいかないですわね。ふふ、面白いですわね。まだ、名乗っておりませんでしたわね。私のことはミーナとお呼びくださいませ。ミーナと呼ぶことができるのは、本来、私の可愛い奴隷《ペット》だけなのですが、あなたは特別ですわ」

握手を求めて来たのでそれに応える。

いい協力者ができた。

王城内での政治、魔族の情報、その両方で支援をしてもらえる。

そして、暗殺者の眼《め》は蛇の嘘を見抜いている。

この蛇は大筋では嘘を言っていない。だが、何か所か嘘が交じっていたのだ。

本当の嘘つきは、真実の中にわずかな嘘を交ぜる。

この蛇……ミーナの場合、たとえ魔王になれたとしても他の魔族が入りこむのはごめんだと言ったのは紛れもない本心。

だが、数万の人間の件は嘘。おそらくは人間の魂などいくらあってもものの数ではないのだろう。

そして、今のままでも幸せで、そんな日々が続けばいいというのは本当ではあるが、力を求めていないというのは嘘だ。魔族の本能で力を渇望している。

これらから導き出される結論は一つ。ミーナの目的は、他の魔族すべてを殺し、自らに他の魔族が混ざらない状況を作りあげてから魔王になること。

そのために、この国と俺を利用しようとしている。

実に狡猾《こうかつ》だ。だからこそ、野心をもたないものよりよほど信用できるし、利用しやすい。

そして、ミーナは魔族が自分だけになれば、あるいは自分の手駒だけで残りの魔族を殺せると判断すれば、俺は用済みとなり消そうとするだろう。

……俺のほうもミーナの真意がわかっているから、彼女に利用価値がなくなりしだい、暗殺する気でいる。

つまり、これはお互いをぎりぎりまで利用して、最後には裏切ることが確定しているゲーム。

「いい交渉ができましたわ。その記念に、このまま愛し合うのはいかが？　いい男を目の前にして、疼《うず》いて、しかたがありませんのよ」

「言っただろう。俺には可愛い恋人がいる」

「身持ちが固いのですね。残念ですわ。人間の小娘ごときじゃ満足できない体にしてあげられますのに」

「ごめんだな。それに、一つ指摘をしておくが、何も肉体的な快楽だけがすべてじゃない。それ以上の何かを求めて愛し合うんだよ。おまえとじゃ得られないものだ」

「あらま、お姉さん、そんなこと真顔で言われて恥ずかしくなってしまいましたわ。若いって、すごいですわね」

そのまま、部屋を出る。利用し利用される。この関係はうまく続けよう。

……さて、問題は帰ってからだ。

きっと、ディアはエロい美人に会いに行ったと怒るだろうし拗《す》ねる。タルトは不満を口には出さないが悲しそうな眼でじーっとみつめてくる。

少々めんどうだが、それは愛されている証拠。そう思うと、可愛らしく思えてくるから不思議だ。

Episode3

第三話　暗殺者は茶会に呼ばれる

The world's best assassin, to reincarnate in a different world aristocrat

蛇魔族、ミーナとの密会を終えてから、俺たちが借り受けている部屋に戻る。

「あー、浮気男が帰って来たよ」

「お帰りなさい、ルーグ様」

ディアとタルトに出迎えられた。

ディアはむすっとした顔で頬《ほお》を膨らませて、タルトのほうは悲し気な顔をして目が潤んでいる。あまりにも予想通りで笑ってしまいそうになった。

タルトが上着を受け取り、壁にかける。

「浮気をしていたわけじゃないよ。仕事だ」

「あのお色気むんむんの女の人と会うのがどんな仕事だって言うのさ。向こうだって、ぜったいルーグに気があるもん。食べちゃうつもりだよ」

食べちゃうつもり……たしかにその通りだったな。

「グランフェルト伯爵夫人の力が必要なんだ。この国で速やかに情報を得て、動きやすくするにはな」

「うそ、伯爵ってそんな政治力ないよ」

貴族の階級というのは上から、公爵＞辺境伯＝侯爵＞伯爵＞子爵＞男爵＞騎士。

本来なら、ディアの言う通りさほどの権力はない。

「彼女自身に権力はなくても、彼女が篭絡《ろうらく》した男たちには権力がある。一体、中央にどれだけの穴兄弟がいるんだか」

「あの、ルーグ様、穴兄弟ってどういう意味ですか？」

タルトが首を傾《かし》げている。

俺が言いづらそうにしているとディアが口を開いた。

「えっとね、同じ女の人を抱いた人をそう言うの」

「ひゃう」

ちょっと刺激が強すぎたようで、タルトが顔を赤くしている。

逆にディアのほうは、貴族社会に長くいて、そういう話には慣れている。

「ふうん、それでルーグも兄弟の仲間入りしたんだね」

「していたら、こんなに早く帰ってきていないさ。詳しいことは言えないが、あくまで俺たちはビジネスライクな関係だよ。誘われはしたが、ディアの顔が浮かんで断ったんだ」

ディアを抱き寄せると、初めは体を硬くして、それから力を抜いてくれた。

「……うん、信じてあげる」

「ありがと。タルトも信じてくれるか？」

「もちろんです。ルーグ様はえっちな方じゃないです」

えっちな方じゃないわけではない。若い肉体にそういうものは引っ張られる。

もっとも、それをむき出しにするほど子供ではないが。

「あのっ、ルーグ様。ノイシュ様から手紙が届いています」

「どうしたものか。断る理由には事欠かないが」

「たくさんお誘いが来てますしね。えっと、ルーグ様がいなくなってからこれだけの招待状が他にも届いています」

タルトが招待状の束を机に広げる。

パーティ、その他の誘いが山ほど来ている。聖騎士かつ【選ばれしもの】になった俺を取り込むためだ。

「茶会だけじゃなく、種付けの依頼まで来る始末か」

「ルーグ、大人気だね」

「そんな、ルーグ様はお馬さんじゃないのに」

種付けというのは読んで字のごとく。

強い魔力を持っているほど、生まれてくる子供もそうである確率が高く、それを狙ってのことだ。

「貴族は魔力の強さがステータスで、そのためならいろんな倫理を吹っ飛ばす。これなんて、魔族との戦いで命を落とすかもしれないから、その前に生きた証を残したくないかと遠回しに書いてるぞ」

「そんなこと言われたら逆に引くよね」

「あの、ルーグ様はどう思われますか」

「ディアと一緒だ。死んだあとのことなんて考えたくもない」

タルトが残念そうな顔をした。……まさか、生きた証を残したいと言えば、協力するなんて言い出すのだろうか。最近、タルトのブレーキが壊れぎみだ。気をつけよう。

一通り、招待状に目を通していく。最後にノイシュの手紙を見る。

参加者一覧が書かれていた。

若手の実力派と呼ばれるものたちばかり。実にノイシュらしい。

そして……。

「タルト、ノイシュへの手紙を書いた。出しておいてくれ」

「はい。えっ、参加されるんですか」

「へえ、いいの？　そんな子供ばっかり集めた騎士ごっこじゃなくて、もっとコネ作れそうなのあるのに」

「痛烈だな……。無視できない名前があったんだ。グランフェルト伯爵夫人の名前が、グランヴァレン侯爵と連名で書かれている」

ノイシュが危ないし、ノイシュが集めた有能な若手のことも気になる。

あの蛇女、帰り際にやたら意味ありげな笑みを浮かべていたが、三度会うことを知っていてのことか。

「むう、やっぱり、あんなエッチな女の人がいいんだ」

「……ルーグ様は、ああいうエッチな人が趣味、がっ、がんばります！」

「個人的に会いたいわけじゃない。放置しておくのが危険なんだ。世間知らずの羊たちの群れの中に狼《おおかみ》がいるようなもの」

下手をすれば、ノイシュ以下、有望な若手たちが全部、あの女の毒牙にかかってしまう。

俺のことをディアが疑わしそうに見ている。あの女が魔族だということを話してしまえば、納得させられるのだろうが、契約上それはできない。

どんな相手でも俺は契約を順守する。だから、別のやり方で説得しよう。

ディアとキスをする。あまりにも不意打ちだったので、ディアが目を丸くし、タルトが顔を手で覆い……すきまからばっちり見ていた。

「信用ないな。俺が一番愛しているのはディアだって言ってるだろう。向こうの部屋に行こう。それを行動で証明する」

そう言いつつ、ディアをお姫様抱っこする。

ディアは抵抗しない。

「もう、ルーグってたまに強引になるよね」

「いやか？」

「……いやじゃない。私も、ルーグに愛してほしいし」

「なら、行こう」

ディアと愛し合うのは久しぶりだな。

なんとなく、トウアハーデの屋敷ではやりにくい。トウアハーデの屋敷は、会議室や父の執務室、拷問部屋などを除いて、さほど防音性能が高くない。

……そして、防音性能が高くないのに、聞き耳を立てている奴《やつ》が二人いる。

だけど、ここは王城。安心して愛し合える。

「あっ、あの、私は手紙を届けてきます！」

タルトが顔を真っ赤にして、手紙をもって出ていった。

気を利かせてくれたのだ。

その気遣いを無視しないよう、存分に愛しあおう。

Episode4

第四話――暗殺者は忠告する

The world's best assassin, to reincarnate in a different world aristocrat

翌日、俺は王都にあるゲフィス公爵家の別邸にやってきた。

茶会はその広大な庭で行われている。

武で名を馳《は》せているせいか、この庭園には訓練場としての側面もあり、木剣を打ち合い、汗を流しているものたちがいた。

ここに集まっているもののほとんどは、若く才能がある貴族たち。

力と自己顕示欲を持て余した若者たちは、ただの茶飲み話では物足りないのだろう。

「もう、ルーグもタルトもどうしてぎりぎりまで起こしてくれなかったんだよ。大慌てでメイクする羽目になったよ」

ドレスを身にまとったディアが恨めしそうにこちらを見る。

「ディアの寝顔が可愛くて見惚《みと》れていたんだ」

「あの、その、昨日、二人は愛し合っていましたたし、ルーグ様とディア様の部屋に入っちゃだめかなって」

「うっ、そんなこと言われたら、二人のこと怒れないよ」

ディアは納得して手鏡で顔を見る。普段はメイクをしないディアだが、こういう場に出るときは別だ。

「それにしても、ドレスを着たディア様はやっぱり可愛いです。妖精みたい」

今日のディアは可憐《かれん》だ。

露出控えめで水色のドレスが良く映える。

また、普段はしない化粧をして、どこか大人びた雰囲気がいいギャップになっていた。

パーティに参加している若者たちの眼《め》を釘付《くぎづ》けにしている。恋人として誇らしいが、害虫がつかないように気を配らなければ。

「ありがと。タルトだって着飾ればもっと可愛くなるよ。ルーグ、聖騎士の手当いっぱいもらってるでしょ。タルトにドレス買ってあげなよ」

「そうだな、ドレスを着たタルトも見てみたいし」

「そっ、そんなダメです。私、使用人ですし。それに、ドレスなんて似合わないですから」

「使用人がドレスを着てはいけないなんてルールはないさ。よし、決めた。次のパーティはタルトにドレスを着せよう。マーハに頼んで、タルト専用デザインにした最高級のドレスを手配してもらおうか」

そうやって手配したのが今日、ディアが着ているドレス。

これほどのドレスは名門貴族が集まる王城のパーティでもなかなか見られない。

単純に金を積んでどうにかなるものではなく、相応のコネや根回しがいる。

「あの、ほんとうに、もったいないです。私にドレスなんて着せても、似合いません」

「タルトは可愛いよ。王都でのパーティすら、タルトより美人の使用人はいなかった。何より、俺がドレスを着たタルトをみたい」

「うんうん、謙遜はよしなよ。タルトは可愛いよ。それにおっぱい大きいし、おっぱい大きいし、おっぱい大きいから、色っぽいドレスが似合うと思うよ」

「あははは、ありがとうございます」

おっぱいを連呼するディアにタルトが引きつっている。

ディアは胸にコンプレックスがあるし、ドレスを選ぶとき、胸元が開いたドレスを名残惜しそうにずっと見ていた。

そうこうしていると、庭の中央、ノイシュとその取り巻きがいるところにやってくる。

「よく来てくれたね。ルーグ」

「ノイシュが開くパーティに興味があってね」

今のは社交辞令。俺の最大の懸念はノイシュではなく、彼の後ろで若い騎士たちに囲まれ、微笑を浮かべている妖艶な女性。蛇の魔族、ミーナにある。

まだ、若者たちはミーナの色気に中《あ》てられて、熱を上げている。

さきほどまでディアに見惚れて、遠巻きに見ながらついてきたものもミーナに意識がもっていかれた。

ミーナのほうが美人だというわけじゃなく、フェロモンの力だ。

そのミーナがにっこりと笑いかけ、手を振ったので会釈する。ディアの俺に絡めている腕に力が入り、タルトが袖を強く引く。

「君のことをみんなに紹介させてもらっても構わないかい？」

「それは構わないが」

ノイシュは俺の背中を押して、一段高い場所へと案内する。

「みんな、紹介するよ。僕の学友にして魔族殺しの【聖騎士】、ルーグ・トウアハーデだ」

その言葉で、このパーティに参加するすべてのものの視線が集まる。

その目に込められているのは憧れ。

若いだけあって、貴族にありがちな欲や打算に満ちたものじゃなく、絵本の騎士を見るような子供っぽい感情が俺に向けられている。

そういうノリが俺に求められているものだろう。少々サービスをしよう。

「ルーグ・トウアハーデだ。【聖騎士】に任命され、魔族と戦っている」

ここにいるのは俺より身分が高い貴族たちばかりだが、あえて普段の口調を選んだ。

ここで求められている役割は偶像。彼らは俺がへりくだることなど求めていない。短い挨拶なのに場の熱は上がっている。

「僕がルーグ・トウアハーデを呼んだのは、彼に僕たちのことを知ってもらうためだ。

……アウグイド騎士団、抜剣準備」

ノイシュの号令に合わせ、集まった青年たちが一糸乱れず整列する。

「総員、抜剣！」

まるで波のように端から、名乗りと共に剣を抜き、胸の前で掲げぴたりと止める。

美しい所作だ。鍛え上げられた肉体で体幹がしっかりしているからこそできることだし、この所作を数千回繰り返したからこその無駄のなさ。

この場にいるもの全員が、かなりの技量を持つ剣士であることは間違いないし、いい師匠がいる。たぶんノイシュが手配したのだろう。

「我らアウグイド騎士団！　この剣を我が国の平和に捧《ささ》げる」

ノイシュが最後にそう言って締める。若い貴族たちの顔にあるのは自己陶酔。

……ああ、なるほど、そういうことか。

アウグイドとは、おとぎ話に出てくる理想の騎士。その名を冠するあたり、この騎士団に集まるものたちがどういう意識を持っているかわかる。

「ルーグ、これが僕の騎士団、アウグイド騎士団だ。ここにいるのは、王都に別邸を持つことが許された名門の子息と、学園で見つけた才能あるものたちだ。彼らを束ね、ゲフィス家がスポンサーになり、国に第二の魔法騎士団として認めさせたんだ」

おおよそ事情は察することができる。

今、魔族の復活によって魔物の出現頻度が大幅に増していた。

本来、魔物は各領地が保有する戦力で対応しなければならないが、現実問題、手にあまる。そこで各領地は国に救援を求め、騎士団が各地に派遣されているのが実情。

しかし、騎士団のリソースは有限であり、手が回り切っていない。

そのタイミングで、ノイシュが動いた。

ようするにまだ家を継いでおらず、好き勝手できるボンボンたちや、平民出で柵《しがらみ》がない連中。そういう力を持つが使い道がないものを集めて使えるようにした。

しかも、金をゲフィス家が出すのなら中央が新たな騎士団の設立を拒む理由もない。

ましてや曲がりなりにも勇者パーティの一員であるノイシュの発案だ。

「この騎士団はまだ小さい。だが、いずれも力と情熱がある騎士ばかりで先日も大活躍したんだ。これからも実績を積み上げていくよ。いずれは、この国の正規騎士団すら超える力と名声を手に入れる」

……その力を背景にしてノイシュは国を変えるつもりなのだろう。

おそらく、ノイシュ本人は他の者のようにおとぎ話の騎士様に憧れているわけじゃなく、自尊心の塊で力ある若い者たちをうまく操る方便に使っている。

いつの時代も正義や憧れというのは若者を操る便利な道具だ。

「それで、俺にもアウグイド騎士団に入れと？」

「そうは言わない。だけど、いずれ魔族が出現したら、僕たちは君と一緒に戦うことになる。だから、今日はみんなに君を紹介したかった。勇者が王都を離れられない以上、君こそがこの世界を守る切り札であり、僕たちの任務は君を助けることだ」

アウグイド騎士団の面々が誇らしげな顔で頷《うなず》く。

魔族を倒した実績があれば、それこそいっきにアウグイド騎士団の名は上がるだろう。うまくやれば本来の騎士団以上の発言権を得る。ノイシュの考えはわかる。

だから、俺は友のためを思い言葉を選ぶ。

「必要ない。俺たちと魔族の戦いに首を突っ込まないでくれ。邪魔だ」

そう、これこそがもっとも彼のためになる言葉。

空気とノイシュの表情が凍る。

こうなるとはわかっていた。それでも言わざるを得なかった。

こうでも言わなければ、早晩彼らは命を落とす。

嫌われたとしても、彼らが死ぬよりマシだ。

彼らはわかっていない、所詮彼らのやっていることは騎士ごっこにすぎないことを。

Episode5

第五話　暗殺者は賭けをする

The world's best assassin, to reincarnate in a different world aristocrat

さきほどまでの憧れの混じった表情が、アウグイド騎士団から消える。

代わりに浮かぶのは困惑と静かな怒り。

彼らが聖騎士である俺に求めていたのは、拒絶の言葉ではなかった。

『共に戦おう』

『期待している』

このあたりだ。

波風を立てたくなければ、そう言うべきだったのだと思う。

しかし、そうはしなかった。彼らを、なにより友であるノイシュを死なせないために。

「ははは、冗談がきついよ。ほら、ルーグは僕たちに発破をかけたんだろう」

ノイシュがこの場を取り繕うために笑顔で話しかけてくる。

「いや、本音だ。魔族と戦った俺の感想だが、あれは少々腕が立つ騎士程度では足手まといにしかならない。魔族を前にして、おまえたちを守りながら戦う余裕はない」

兜蟲《かぶとむし》魔族との戦いを思い出す。

あいつとの戦いではタルトが前衛となり戦った。

タルトは【私に付き従う騎士たち】の力で能力を底上げし、さらにはSランクスキル【獣化】を使用。それでも足りずドーピングまでした。

だというのに時間稼ぎが精一杯で押されていた。

Sランクスキルは本来一億人に一人しかもたない英雄の力。

その英雄の力を二重に底上げしてもなお届かない。それが魔族。

彼ら程度の騎士など歯牙にもかけないだろう。

「だったら、君が連れているタルトとディアはどうなんだ？　君が提出した報告書によれば、彼女たちの働きが大きかったと書いている。僕はタルトやディアの優秀さは知っている。僕は彼女たちに匹敵、いや勝るだけの力があると自負しているし、アウグイド騎士団は僕が認めた猛者たちばかりだ」

学園時代の成績で言うなら、ノイシュはタルトとディアより上だ。

しかし、彼女たちは学園時代に本気など見せてはいないし、学園が休校になってからさらに強くなった。

「なら、聞こう。まずは【魔族殺し】を使えるものはこの中にいるか？」

俺とディアが開発した魔術にして、表向きには女神から授かった魔術。

もうすでに国内外に知れ渡っているものだ。

そして、アウグイド騎士団などという魔族を倒し名を上げたい騎士団なのであれば、必ず試しているだろう。

「……我が騎士団に、それを使えるものはいない」

「なら、どうやって魔族を倒す？　俺の報告書を読んだなら知っているだろう。俺たちはタルトが魔族の足止めを行い、ディアが【魔族殺し】を発動し、俺がとどめを刺した。ようするに、最低限【魔族殺し】を使えないと話にならない」

「いや、しかし。……そうだ、僕たちが足止め役を引き受けるのはどうだ。次からはタルトが果たした役割を僕たちが果たすんだ。タルトが一人で引き受けるよりよほど効率がいい」

俺は首を振る。

「言っただろう。魔族との戦いはぎりぎりだ。足手まといをかばう余裕なんてないと」

「僕と騎士団の力がタルト一人に劣るとでも言うつもりかい」

「そう言っているんだ」

さすがに今の一言はノイシュのプライドをひどく傷つけたようだ。

ノイシュが手袋を投げる。

その先にはタルトがいた。

「……訂正しないようなら決闘を申し込みたい。僕にも騎士としてのプライドがある」

「えっ、そっ、その、私ですか」

「僕がタルトくんとの決闘に勝てば、君の言葉が間違っていると証明できるだろう？　僕が勝てば、僕たちと協力して魔族に挑んでもらう」

タルトが困惑して、俺の顔を見ている。

「こちらには受ける理由がない」

「僕が負けたらなんでも望みを言うがいい、ゲフィス家の力で叶《かな》えてやる」

公爵家の力か。

大抵の無茶《むちゃ》は通じるが、だからと言ってあまり魅力は感じない。

ただ、この場を収めるには受けざるをえない。

「タルト、頼む。決闘を受けてくれ。むろん全力でだ」

「はっ、はいがんばります。でも、いいのでしょうか、その、本気を出して」

タルトに悪気はない。

だが、あまりにもそのセリフはノイシュにとって許しがたいものだった。

タルトの全力とは【獣化】込みであり、手加減ができない。

大怪我《おおけが》を負わせる可能性があり、それを心配している。

ノイシュにとっては舐《な》められているとしか聞こえなかっただろう。

「……タルトくん。僕のことをずいぶんと過小評価しているようだね。君にだけはそう思われたくなかった」

「あっ、あの、ごめんなさい。そういうわけじゃなくて」

「いいよ。それ以上はいい。決闘で僕の力を証明する」

ノイシュはそれだけ言うと、庭園にあるリングに上がり、騎士団の一人が彼に木剣を渡す。

タルトはしばらくあわあわとしながら涙目になっていたようだが、俺が頷くと歩きだしリングにあがった。

そんなタルトを見て、ノイシュはぽかんとした顔をする。

「すまない。僕に考えが足りなかった。その恰好《かっこう》では戦えないだろう。先に着替えてきてくれ」

ノイシュは礼服を纏《まと》っているが、ゲフィス家はその武を誇っているため、礼服といえど戦闘を前提に作られている。

しかし、タルトが纏っているのはメイド服。

「いえ、大丈夫です。ルーグ様が作ってくださった服は、見た目こそこうですが、その辺の鎧《よろい》よりもよっぽど頑丈です」

そして、それはタルトのメイド服も同じ。

タルトはこの姿で俺の傍《そば》に控えていることが多い。だからこそ戦闘力を持たせている。

魔物の素材を使い、魔法で強化し、動きやすさと防御力を両立させている。

……ただ一つ問題があるとすればスカートであること。

女性にズボンをはかせて公の場に出すのはこの国では下品とされているため、戦闘を考慮しながらスカートを選択せざるを得なかった。

防刃ニーソックスがあるため、防御面の不安はないが、激しく動けば捲《めく》れてしまう。

タルトの下着をここにいる面々に見られるのは嫌だ。人知れず風を操り援護をしよう。

「その服が防具だとは思わなかったよ。それなら本気で打ちこめる」

ノイシュが安堵《あんど》の息を吐く。

これだけプライドを傷つけられてまだタルトの心配をするとは。いや、意外でもなんでもないか。

……ノイシュは初見から、なぜかタルトに惹《ひ》かれていた。

ただ、気になるのは異性に向けるものとは少し違う。

そう、あれはどちらかと言うと母を求める子供。

もしかしたら、タルトはノイシュの母親に似ているのかもしれない。

「タルト、全力を以《もっ》て一撃で決めろ」

「はい、ルーグ様」

「どこまでも、ルーグは僕を馬鹿にするね」

「馬鹿にしているかどうかは、戦えばわかる」

タルトが木槍《ぼくそう》を受け取る。

それから深呼吸し、集中力を高めていく。

「あっ、あの、ノイシュ様。私は試合開始と同時に一歩で間合いを潰し、槍《やり》がぎりぎり届く位置から中段への薙《な》ぎ払《はら》いで胴を狙います。だから、受けてください……その、殺したくないので」

ノイシュの顔が憤怒に染まる。

さきほどから、かなりきていたようだが今のでブチ切れたようだ。

「……これ以上の会話はいらないよ。決闘の結果をもって僕は誇りを取り戻す」

それから彼は剣を構える。

オーソドックスな正眼の構え、隙はない。

二人は対峙《たいじ》し、向き合う。

騎士団の一人が審判役を務めるようだ。

旗をあげる。

下ろせば、試合が開始。

タルトが目線を送ってきたので頷く。

すると……キツネ耳と尻尾が現れる。

だれかの可愛いという声が聞こえてきた。

こんな状況でもそんな感想がでるあたり、キツネ耳とキツネ尻尾とタルトの相性は抜群らしい。

ノイシュのほうを見ると、深く集中しているだけあって心を乱したりはしていないようだ。

ふだんはおどおどしているタルトの眼が嗜虐《しぎゃく》的な、狩人《かりゅうど》のものになる。

【獣化】の副作用による狂暴化と興奮。

いつものタルトなら躊躇《ちゅうちょ》して全力を出せないだろうが、今のタルトなら一切の容赦なく、最高の一撃を放つだろう。

「始め！」

旗が振り下ろされる。

その瞬間、タルトが消えて、遅れて音が聞こえる。

神速の踏み込み。

トウアハーデの瞳でなければ追えなかった。

神速でありながら、極めて精密。一方的に槍が届くぎりぎりの距離に踏み込んでいる。

そこから宣言通りの中段への薙ぎ払い。

ノイシュの防御がぎりぎり間に合った。

ノイシュの高い技量、なにより予《あらかじ》めタルトにそうすると聞いていたからこそ間に合ったのだ。

木剣と木槍がぶつかり、軋《きし》んで砕け始めるが、タルトはそのまま振り切っている。砕ける前に木槍は木剣ごとノイシュを吹き飛ばす。

ばらばらに砕けた破片とともにノイシュはリングからはじき出され、そのまま何度もバウンドして、そのまま庭園に用意されていた倉庫にぶつかる。

「私の勝ちです。ルーグ様、ちゃんと言いつけ通り、一撃で決めました！」

明るく、無邪気な声でもふもふのキツネ尻尾を振っている。

そんなタルトを見る騎士団の面々にあるのは、驚愕《きょうがく》、そして恐れ。

聖騎士ならともかく、その使用人ですら彼らの中で最強のノイシュを歯牙にもかけない。

ノイシュは脇腹を押さえ、足を引きずりながらこちらに向かってきた。

肋骨《ろっこつ》が折れている。

「ノイシュ、これが今のタルトの力だ。そして、そんなタルトですら魔族に圧倒され、数十秒の足止めをするのが精一杯でそれ以上戦えば死んでいた。その意味がわかるか？」

騎士団たちの顔に浮かぶのは絶望。

魔族は強いとわかっていても、強さの度合いを勘違いしていたのだ。

強さが具体的に見えたことで、現実に押しつぶされる。

もはや誰も魔族を倒して手柄を立てようなんて考えない。

虚《うつ》ろな眼で、ノイシュがリングに戻り、タルトの手を掴《つか》む。

「教えろ！　どうやって、その力を手に入れた、僕は、僕には力が！」

その言葉を最後に気を失った。

「はやく、治療術士を」

「医者の手配も早く」

「担架、担架はあるか！」

騎士団の面々がようやく治療魔法を使えるものを呼びにいった。

タルトは【獣化】の最中でありながら、怯《おび》えている。

ノイシュの表情はそれほど鬼気迫っていた。

キツネ耳と尻尾が消え、俺のほうに戻ってきた。

「あの、ルーグ様、これで良かったんでしょうか」

「ああ、現実を知ったほうがいい。……これぐらいしなければ、ノイシュたちは手柄を立てるために自分たちだけで魔族に挑んで、死んでいた」

ショック療法だが、これしか手はなかった。

俺に負けただけなら、聖騎士は特別なものと割り切れる。しかし、タルトに負ければ、

なんの言い訳もできない。

これで、身の程をわきまえてくれればいいが。

「少しかわいそうです」

「タルトは優しいな」

彼女の頭を撫《な》でるとくすぐったそうにしながら甘えてきた。

俺たちは帰ろう。

これ以上、ここに居られる空気ではない。

あとでノイシュへのフォローをしなければ。

そして……。

「おまえはどうしてここにいる」

ここに来た目的を果たさなければならない。

ノイシュのほうに騎士団の面々が集まったことで取り巻きを失い、手持ち無沙汰にしている蛇魔族、ミーナの許《もと》へ向かう。

「うーん、趣味ですわ。脂ぎったおじ様たちと遊ぶより、若くて情熱的な殿方のほうがそそりますの……それに、あの子の最後の表情、絶望して、泣きそうで、それでも、どこまでも強い力への渇望と野心が溢《あふ》れて。とてもとても美味《おい》しそうですわ。思わずきゅんと来ました」

「あれは俺の友人だ。手を出すなら相応の覚悟をしてもらおう」

「そこまであなたに干渉される筋合いはありませんわよ。契約外ですわ。それに、別に悪いことはしませんの」

「たしかに契約外だな。だが、俺も契約外で勝手にする」

「ええ、ふふっ、楽しみですわね」

……ルーグとしてではなく、イルグ・バロールの情報網を使い、しばらくノイシュを監視しよう。

この蛇の魔族につけ入る隙を与えないように。

それからもう一つの予防線を用意する。

騎士団の中で慌てふためいている奴《やつ》を捕まえる。

「ノイシュが起きたら、伝えてくれ。決闘の賞品に俺が求めるものは、今後ノイシュとアウグイド騎士団が、グランフェルト伯爵夫人に関わらないことだ」

「あっ、ずるいですわ」

「さきほどお前が言っただろう。これは契約外だ。俺とノイシュの約束に口を出す権利はないだろう」

「まあ、そうですわね。せっかく遊べると思ったのに。今回は素直に引きますわ」

これで、ミーナの毒牙からノイシュたちを守るという目的は果たした。

ノイシュは騎士としての誓いを守るはずだ。

「タルト、ディア、帰ろう」

「はい、ルーグ様」

「帰りにどこか、よっていこうよ。ご飯食べられなかったし」

三人でゲフィスの別荘を後にする。

これからノイシュとその騎士団はどうなるだろう？

釘《くぎ》は刺した。

それでも、無謀なことをするなら、もうどうしようもない。

俺にできるのはここまでだ。

願わくは、友が道を踏み外さないことを。

Episode6

第六話　暗殺者は受け入れる

The world's best assassin, to reincarnate in a different world aristocrat

　ノイシュに招かれた茶会から、城で貸してもらっている部屋に戻る。

　……気になったのは、最後にノイシュが見せた力への渇望。力への渇望が彼の誇り以上に強いのなら、そこをミーナに付け込まれる可能性がある。

　なにせ、魔族だ。人間に力を与えることも可能だろう。

　監視の手配をするため、裏の通信網を使いマーハに連絡をとる。

　そんなことをしつつ、それぞれの部屋で湯とタオルで体を清め、それから着替え、共同スペースのほうに集まっていた。

　雑談を交えながら、明日以降の打ち合わせをする。

「この部屋、便利すぎてずっと住んでいたくなるよね。なんでも頼めばしてくれるし、もらえるし」

「使用人としては、自分の存在意義が揺らぎそうで落ち着きません……」

「たしかにここは快適だけど、俺はトウアハーデのほうが気が落ち着くし、タルトの作ってくれる食事のほうが好きだ」

「そう言ってもらえて、うれしいです」

「やっぱり、ルーグも家庭的な子のほうがいいんだね。料理を覚えないと。男は胃袋をつかめってお母さまも言ってたし」

「ごほんっ、とにかく明日の話をしよう」

……ノイシュの茶会に参加したが、実はもう一件だけ絶対に断れない類の誘いがある。

「明日はローマルング公爵と面会する。……王族との連名で招待状を出してくるとはな。さすがに逃げられない。それに俺たちと面会する理由が理由だ」

その差出人はノイシュの実家であるゲフィス家と同じく四大公爵家の一つ。

それも、トウアハーデの裏の顔とかかわりが深い家だ。

トウアハーデの刃はこの国のためだけに振るわれる。ゆえに王族からの命令でのみ動く。

しかし、王族の命令がそのまますべて伝わってくるわけじゃない。

四大公爵家が一つローマルング公爵家が本当に国のためになるかを判断しトウアハーデに依頼する。

そして、俺たちが暗殺を為《な》したあとのことはローマルング公爵が請け負い国益へとつなげている。

つまるところ、トウアハーデにとっては上司にあたる存在だ。

「ねえ、それ私もついていっちゃダメかな」

「厳しいな。向こうは従者を一人だけは許可するが、他はだめだと言っている」

「逆らって、ついていったらどうなると思う？」

「手紙には王家の印が押されていたからな。王命に逆らうのなら、よくて俺個人が死刑」

「うっ、そう言われると無理は言えないよ。タルト、私の分もルーグを守ってね」

「はいっ、任せてください！　命に代えてもルーグ様をお守りします」

いつも通り、タルトは一生懸命だ。

「意気込みはうれしいが、自分を大事にしてくれ。大事なタルトが傷つけば悲しいんだ」

「ふぁう、そんな、大事だなんて」

タルトが顔を赤くして、両ほほを押さえる。

「ルーグって、たまに素でそういうことというよね」

「好意は素直に伝えるようにしているんだ。特にディア、タルト、マーハには」

俺たちはチームだ。できるだけ隠し事はしたくない。

……いろいろと隠しているからこそ余計にそう思う。

「ふうん。でも、そうやってその気にさせるだけで放置プレイをずっとってていうのはいい加減かわいそうだよ。タルトのほうも、ぐいぐい行かないとね。どうも、最近ルーグってあのお色気お姉さんのことばっか気にしてるし。私だけじゃ足りないみたい。タルトの色気が必要だよ」

「いっ、色気ですか」

「うんうん、私はタルトなら別にいいと思ってるし、あんなおばさんに取られるぐらいなら、タルトで満足してもらったほうがずっといいよ」

「……だから、グランフェルト伯爵夫人をそういう目では見てないと言ってるだろ」

「うん、知ってる。確信したよ。ルーグはあの人を敵だと思ってる。今のはルーグをからかっただけ。私はそろそろ部屋に戻るね。昼にひらめいた魔法を形にしちゃいたいんだ」

ディアは好き勝手言うだけ言って、それから自室に戻っていく。

「あとね、今日は集中したいから、耳栓つけるし、いっかい魔法研究で集中しちゃうと何にも聞こえなくなっちゃうんだ。がんばってね」

と意味ありげに言い残して。

ディアがいなくなってからタルトの顔を見るとさらに顔を赤くしていた。

それから、タルトは絞り出すように声を出す。

「あの、ルーグ様、その、私がエッチなことを暗殺に使ったら、もっとルーグ様のお役に立てるって言ってたの覚えてますか？」

「覚えている。俺はそれを止めた」

暗殺手法としては、色仕掛けというのは非常に強力であり、太古の昔から使われ続けてきた。タルトの美貌と、色気、無意識に男の嗜虐《しぎゃく》心をあおる仕草は天性のもの。対象が男であれば武器になりえる。

しかし、タルトの性格的には向いていない。

なにより、俺がそんなことをタルトにしてほしくない。

「止めてくださったあと、私、暗殺者として色仕掛けを覚えるんじゃなくて、ルーグ様のメイドとしてルーグ様に奉仕したいって言ったら、ルーグ様が言った言葉、覚えてます。『それはいずれな。男に押し倒されただけで震えている女を抱く気にはならないよ』」

「たしかに言ったな」

驚いたことに一言一句正しい。

「その、いずれって、今じゃだめですか？」

「どうして急に」

「急じゃないです！　ずっとルーグ様に愛してほしくて、でもちょっと怖くて、怖くなくなったら、ルーグ様が言ってたいずれが来るって、怖くなくなるようがんばって。愛してって言うの我慢して。でも、ルーグ様はディア様とそういうことし出すし、他の人とも、あと、エッチな女の人ばっかり見るし、もう、待ちたくないんです」

……平気な顔をしていたが、ディアとのことや、蛇魔族ミーナを気にしていたのか。

後者については完全な冤罪《えんざい》だが。

「ふう、タルト。今日は一度落ち着こう」

タルトがこの世の終わりのような顔をしていて、胸が痛む。

言葉が足りなかったようだ。

「タルトと愛し合うのがいやなわけじゃない。【獣化】の影響が残っているだろう？　冷静じゃなかったと判断すれば後悔する」

「そんなの関係ないです！　ずっと前から思ってたもん！　それに、こんなこと、理性とんでる今しか言えないです！」

……興奮のあまり、口調がおかしい上、最後のほうにとんでもないことを言っている。

「前は怖がっていたが、本当に大丈夫なんだな」

「お勉強しました！　あと、今はルーグ様が欲しくて、食べたいって気持ちばっかりで、ぜんぜん怖くないです！」

「お勉強か。そういうつもりで昨日はディアと愛し合っているとき、ドアに耳を押し当てて聞いてたんだな」

「ひゃう!?　そんな、うそ、気付いてたんですか？」

「気付かないはずないだろう。俺は暗殺者だ」

「あう、あの、その、ごめんなさい。どうしても気になって」

「今回のは許そう。次からはやめてくれ。どうしても聞きたければ、ディアに許可を取ること」

「もうしません！」

タルトが即答した。

そんなタルトを強引に抱き寄せて、ぎゅっとする。

そして、手でタルトの体を愛《め》でる。

「本当に大丈夫なようだな」

前は震え、体を硬くしたが、今のタルトは違う。

柔らかく、そして俺の抱擁を受け入れ、逆に抱きしめ返してくる。

「もう、ルーグ様を怖がったりしません。だから、お願いします」

「わかった。じゃあ、部屋に行こうか」

「はいっ……私で気持ちよくなってください」

ここで優しくしてではなく、気持ちよくなってというあたりタルトらしい。俺のことを第一に考えている。

本当にいい子だ。だからこそ、大事にしたいし、可愛がってやりたい。

初めてでも最高の経験になるようリードしよう。

Episode7

第七話　暗殺者は密会をする

The world's best assassin, to reincarnate in a different world aristocrat

いつもの時間に目を覚ます。

隣を見るとタルトが裸で腕に抱き着いていた。

幸せそうににやけて口元に涎《よだれ》がたれている。

……安心しきっている様子が可愛い。

「るーぐしゃまぁ、わたしのるーぐしゃまぁ」

抱き着く力が半端なく強い。

にやついた寝顔のまま頬《ほお》ずりしたり、あまがみをしている。まるで自分のものだと主張しているように。

寝相でこんなことをするとは、なかなかに器用だ。

タルト本人は隠そうとしているのだが、彼女は独占欲がかなり強いタイプで愛し合ったことでその思いが強まったようだ。

「ふう、二度寝はあまり好きじゃないんだがな」

どうやってもタルトを起こさずにベッドから出ることは難しそうだ。

ローマルング公爵と会うまでに時間もあることだし、タルトの寝顔をじっくりと眺めておこう。

◇

タルトが目を覚ましてゆっくりと目をあける。

「おはようございます……って、ああ、もうこんな時間!? 申し訳ございません、今すぐ朝食の手配を」

ベッドから慌てて飛び出し転んだ。

裸なので、いろいろと見えている。

「落ち着け。問題があれば起こしているさ。昨日は遅くまで頑張ったし、ゆっくりしよう」

「ふぁ、ふぁう」

タルトが変な声をあげて、そのまま顔から煙を出してオーバーヒートした。

昨日のことを思い出したのだろう。

昨日のタルトの甘えっぷりはすごかったな。

「ごめんなさい、私、我を忘れて」

「いいよ。タルトが気持ちよくなってくれて安心していたんだ。それに乱れてくれたほうが俺も楽しい」

「昨日はルーグ様にいっぱいしてもらいました！　今度は私がルーグ様にいっぱいできるようにもっと勉強します！」

「勉強したいならいろいろと教えるよ……独学は危険だ」

タルトは初体験でありながら、いろいろと俺を喜ばそうと頑張ったのだが、知識が中途半端なうえにところどころ間違っていて、そういう意味では大変だった。

……犯人はわかっている。どうせ母さんだ。

適当にいろいろと吹き込んだのだろう。タルトが母さんの話を真っ赤な顔で聞きながらこくこくと頷《うなず》く姿が目に浮かぶ。

「がんばります！」

「頑張る前に服を着てくれ。タルトの魅力的な体を見続けるのは辛い」

「えっ、あっ、うそ、私、ごめんなさい」

両手で胸を隠して座りこむ。

そんなタルトに背を向ける。

すると布がこすれる音が聞こえ始めた。

「あの、ルーグ様、辛いって、その、そういう気分になっちゃうってことですか」

「まあ、そうだな」

「だったら、朝のご奉仕をしましょうか？　男の人、そういうこと大好きって、お義母
……えっと、本で読んで」

いったいどこでそんな言葉を覚えたのだろう？

あと母さんは、タルトにお義母《かあ》さんと呼ばせていたのか、相当タルトのことを気に入っているようだ。

「また、今度頼むよ。それより、腹が減った。朝食を頼む」

「はい、とびっきり美味《おい》しいの作ります」

タルトはそう言い残すと立ち上がり部屋を出ていった。

◇

朝食ができたので、三人で食卓に集まる。

朝食は、ベーコンとキノコを具にしたふわふわオムレツ。とろとろチーズトースト、それに野菜スープ。

「タルト、今日のオムレツはいい出来だ」

「いい材料があったからですよ」

「私もこのオムレツは気に入ったよ。また食べたくなっちゃった。今日の朝食、いつもより美味しいね。これも愛の力かな」

「あっ、愛だなんてそんな」

タルトが照れている。

「ディア、前から聞きたかったんだが、なぜそうやってタルトをたきつける」

複数の妻を持つのは貴族として当然ではあるのだが、それは仕方なくやるものであって、感情的には否定的な女性が多い。

「理由はいくつもあるよ」

ディアがオムレツを口に運び、もぐもぐと咀嚼《そしゃく》してから会話を再開する。

「理由その一、私がタルトを友達だって思ってるから。見ていて不憫《ふびん》だったんだ」

「理由その二は？」

「貴族としての義務。ルーグの血を残すように協力するのは妻の務めだからね。最後の理由はルーグのため。タルトは何があっても最後までルーグを守ってくれる。そんな子だから。愛し合えば、その気持ちが変わらなくなると思って」

「私は、その、愛してもらわなくても」

「そうかもね。でも、片思いを続けるのはしんどいよ。今は大丈夫でもいつか気持ちが変わるかも。だからね、ちゃんと愛し合ってほしかったの。ルーグを守ってもらうためにね」

ディアがオムレツを食べ終わる。

「今更こんなことを聞くのは卑怯《ひきょう》だが、聞かせてほしい。……もし、その三つの理由がなければ、ディアは俺とタルトが愛し合ってほしくなかったのか？」

「もちろんだよ。私だけを愛してほしい」

ディアは即答する。

俺は言葉を失う。

「だけどね、今言った三つの理由。タルトを友達として好きだから幸せになってほしいし、確実に血を残したい。ルーグを命がけで守る人がいてほしい。全部合わせると、私だけ愛してほしいって気持ちを上回るの。あっ、タルト、デザートはある？」

「あっ、はい。今日のデザートは、オレンジジジュレです」

「いいね、ちょうだい、ちょっと多めで」

「すぐにもってきますね」

タルトがキッチンに消えていく。

「ふう、ルーグ。こんなことを言わせないでよ。言葉にするのけっこう恥ずかしいんだよ」

「ありがとな」

「どういたしまして。午後からも頑張ってね。私はついていっちゃいけないみたいだし、魔法を開発しながら、無事を祈ってるから」

「そうしてくれ。トウアハーデへの帰り道はルートを変えよう。デートにちょうどいい観光名所を通って帰るルートがあるんだ」

「いいねそれ。デート、楽しみにしてるよ」

ディアと笑いあう。

ディアには気を遣わせてばかりだな。

俺のほうも、何か彼女に返さないといけないだろう。

◇

午後になりタルトと共にでかける。

俺の服は、聖騎士としての専用礼服、タルトは使用人服だ。

……この礼服、仕立ても素材もいいのだが戦闘用ではないから防御力が心もとないし、暗器を隠すスペースもない、何より見栄《みば》え優先の作りで動きづらい。

できれば着たくないが、仮にも王族の前に顔を出すのだから、これ以外の選択肢はない。

今後、これを着る機会も増えるし、見た目は同じで戦闘にも耐えうるものを作ってみよう。

「あの、ルーグ様はローマルング公爵に会われたことはあるのでしょうか？」

「直接はない。だが、どういう人間かはわかる。とてつもなく優秀で、信じられないほど忠誠心が強い」

トウアハーデへの依頼を見てきたからこそ、彼がどんな人物かわかる。

計算高く、用意周到、そして圧倒的な国への忠誠心。

これまでの暗殺の依頼はすべてアルヴァン王国の利益につながるものだった。

そして、その中にはアルヴァン王国の利益につなげつつもローマルング公爵も恩恵に与《あずか》れる暗殺もあった。

ちょっと下心を出して指示の仕方を工夫すれば、言い訳が利く範囲で利益を得られる。

しかし、ローマルング公爵はそうはしない。国の利益だけを考えて動く。

それはただ単に、一切利益を得ない潔白な貴族という意味ではない。

国の最大利益を上げる策で、結果的にローマルング公爵も利益を得るならそうする。逆に国益が最大化するならローマルング公爵が不利益を被ることになる手も躊躇《ためら》わない。

そう、彼は国益の最大化〝だけ〟を考える。

最大限の国益を実現できるほど有能、なによりも特筆すべきは国家に対する圧倒的な忠誠心。

「すごい人なんですね」

「ああ、だからこそ怖いな」

己の不利益すら気にせず突き進む。

つまり、トウアハーデや俺が国の不利益になるなら即座に斬り捨てるということ。

「つきましたね。お城の中に庭園があるなんて」

「話には聞いていたが、まさか自分が入るとはな」

王城内にある庭園に来ていた。

国の名を冠するアルヴァンガーデン、そこは桃源郷だと言われている。

この国が世界で一番美しいと公言する場所。

季節ごとにそのとき美しい花を集め、何種類もの花を組み合わせ、最高の美しさを発揮するよう配置し、花を引き立てるための美術品や宝石等を惜しげもなく使う。

花との調和のために季節の移り変わりごとに内装まですべて変えてしまう。

世界一美しく、世界一贅沢《ぜいたく》な空間。

ゆえに立ち入れるものは非常に限られる。

……ここを選んだのは他の誰にも話を聞かれないようにするためだろう。

タルトが中に入るなり、言葉を失ってしまった。

あまりの美しさに見ほれ、魂まで奪われている。

俺も似たようなものだ。

ディアを連れてきてやりたかったな。

「聖騎士様、どうぞこちらへ」

使用人に案内される。この使用人も高位貴族の令嬢。ここに入るにはそれだけの格が必要。タルトの場合は聖騎士の従者だからこその特例。

庭園の中にあるガゼボに案内される。

そこで茶を楽しみ、花を愛《め》でながら、話をしようというわけか。

先客が二人いる。

「ファリナ姫、ローマルング公爵、聖騎士様とその従者が参りました」

タルトと共に前に出て、タルトは俺の背後に控える。

すると、先客の二名。

桃色という王家のみに発現する不可思議な髪をした十代半ばの少女と、金というにはあまりにもまぶしすぎて黄金そのものを溶かしたかのような髪を持つ三十代の男性がこちらを向く。

どちらにも言えるのは非人間的なまでに美しすぎるということ。

それもそのはずだ。王家とローマルング公爵家はそういうふうに作られた存在。

「お初にお目にかかります。トウアハーデ男爵の子にして、当代のトウアハーデ。ルーグ・トウアハーデと申します」

膝をつき、頭をたれながら挨拶をする。

まだ男爵家の当主ではないが、すでに暗殺者としては代替わりしている。

「顔を上げてくださいませ」

言葉の通り、顔を上げる。

「まあ、なんとかっこいいお方なのでしょう。パーティで遠目に見たときは気付きませんでした」

「がっついて、はしたないよ。ルーグくん、よく来てくれたね。君のことはキアンから聞いているよ。なんでもトウアハーデの最高傑作だってね。……君が聖騎士になったのは、喜んでいいのか悲しむべきか判断に困るよ」

「一刻も早く魔族を滅ぼし、トウアハーデの本分を全うするよう心掛けます」

「頼もしいね。席に着きたまえ。最高の茶葉をこの日のために用意させたんだ」

席に着くと、使用人が茶を注ぐ。

その匂いに嗅ぎ覚えがあった。

「どうですか？　私、この香り大好きなんですよね。ほっとしますの」

「私もだ。これがあるのとないのでは仕事の進みがまるで違う。おやっ、どうかしたかね？　この香りはお嫌いかな？」

「いえ、好きですよ。オルナで扱い始めた茶葉ですよね」

もともとは、仕事が捗《はかど》るように俺の好みに合わせて調合した茶葉だ。

好きに決まっている。

「ルーグ様も知っていらっしゃいましたか。私、オルナ大好きなんですの。お化粧も、お菓子も、お茶も全部最高で。じゃじゃーん、プラチナ会員証です」

プラチナ会員とは、高額の会費を払うことで定期的に店頭よりもワンランク上の商品を受け取ることができるサービス。

オルナは超人気店であり、店頭に商品が並ぶとすぐに消えてしまうので、割高だろうと安定して商品が手に入るプラチナ会員は人気があり、申し込みが殺到している。

ファリナ姫が会員なのは知っていた。そして、ローマルング公爵の妻と娘も会員だということを。

しかし、俺に……オルナ代表、イルグ・バロールにこの茶を出したのは偶然だろうか。

「私の場合、母が会員ですので、自然とオルナの商品が好きになりました」

「私たち、気が合いそうですね。あっ、そういえば、今度王都でオルナの新作発表会をやりますの。私が無理をいって開催をお願いしたんですの。代表のイルグ・バロール様はこられないそうですが、代表代理のマーハさんっていう女性の方が来てくださいます。私、驚いちゃいました。私と同じ年ぐらいの女の子が、あのオルナの代表代理なんて。どんな人かしら？　楽しみです」

花のように可憐《かれん》な笑顔で、桃色の少女が俺を見つめる。

王都での新作発表会も知っている。

オルナは現状、注文に生産が追い付いておらず新規顧客を開拓するための催しにリソースを割きたくなかった。

断ろうとしたのに、上からの圧力をかけられて開催が決定した。

「ファリナ姫、そろそろ本題に入りなさい。ルーグくんもあきれた顔をしているよ」

「おじ様、ごめんなさい。ルーグ様を見ているとうっかり。ではそろそろ本題に。ごほんっ、聖騎士としてではなく、暗殺貴族としてのあなたへの依頼ですの。兄を殺してください。あれはもうダメ。グランフェルト伯爵夫人に骨抜きにされて操り人形になっちゃいました、この国にとっての害悪。修理も無理そうなので、処分しちゃってほしいのです」

花のような可憐の笑顔のまま。

さきほどオルナのお茶を誉《ほ》めたときとまったく同じ口調で、世間話をするかのように、彼女は兄を殺してくれと口にした。

Episode8 第八話——暗殺者は依頼を受ける

The world's best assassin, to reincarnate in a different world aristocrat

「私に王族殺しをしろということですか？」

王族殺しの罪は重い。

なにせ、依頼を受けた時点で王族への殺意を持ったとして一族郎党皆殺しにされても文句は言えない。

「はい、それがこの国のためになります」

「理由はグランフェルト伯爵夫人に骨抜きにされたということですが、それだけで殺すのは早計では？」

「いいえ、十二分に排除するにたりえますの。ちょっとおかしいんですよね。愛人に多少の便宜を図ったり、貢いでいるだけならいいのですが、どうやら貴族派に与《くみ》しているようなんです。王子がそんなことをすれば王国派と貴族派のバランスが崩れます」

「それは捨て置け無い。では、殺してほしい王子とは？」

王子と一口で言っても、公式だけで五人いる。

隠し子をいれると十二人。

その誰かで深刻さもまるで変わってくる。

「第二王子のリクラです」

大物だ。次代の王は、長男か次男、そのどちらかと目されている。

もともとは長男であり、実績もずば抜けた第一王子が頭一つ抜けていた。

しかし、近年になってリクラは目覚ましい活躍をし対抗馬になっている。

「当初、私たちはリクラ王子を次の王にする予定でした。素直でわかりやすくて、操りやすい。でも、だからこそグランフェルト伯爵夫人に目をつけられたんでしょうね……不気味なんです。素直ではあってもバカじゃない。恋をしたからと言って国を裏切るなんて。洗脳、薬物、いろいろ考えられますが、わかっているのはもう手遅れってことだけ」

あまりにも見切りが早いと思ったが、そうせざるを得ないほど深刻な状況か。

可及的速やかに排除するべきというのは俺も同意しよう。

王子が魔族の操り人形なんて事は許容できない。

トウアハーデとして、刃を振るう価値がある。

「そのような任務だからこそ、ファリナ姫直々に依頼されたというわけですか」

「ええ、おじ様だけですと、あなたはおじ様が国家転覆をしようとしているって疑うでしょう」

「道理にかなっていますね。なら、一つ大きな疑問があります。質問の許可をいただけますか？」

「ええ、どうぞ」

少々不遜ではあるが、これほど話が大きくなると見過ごせないことがある。

「王族が直接依頼をしないといけない。そう考えているにも拘《かか》わらず、なぜ、ファリナ姫ではなく影武者を出したのでしょう？　そんなことをされては余計な勘繰りをしてしまいます」

ファリナ姫の表情が固まり、ゆっくりと微笑《ほほえ》む。

それはさきほどの笑みとはまた違う。さきほどまでのは可憐であるが、どこか作りもの臭かった。だが、今の笑顔は言うならば生きた表情。

「……なぜ、私が偽者だと思ったのでしょうか？」

「髪です。王家の女性にのみ発現する桃色の髪。それがあなたを偽者だと証明しています」

「桃色なのに？」

「ええ、その色はまさにファリナ姫と同じ色です。……しかし、わずかながら染色剤の臭いがします。香水で隠しているようですが、私にはわかります。その髪は染めて作り上げたもの。本人であれば、そんな真似《まね》をしないでしょう」

俺でなければ、気付かなかっただろう。

しかし、暗殺者というのはどんな些細《ささい》なものも見落とさないよう、五感を磨き上げ、常に周囲を観察している。

王族が直接依頼するべき案件で偽者が来たのだから嵌《は》められていると疑うべきだ。

「ふふふっ、あははは、ばれてしまいましたわ。国王様にすらばれたことがないのに。さすがですわ。トウアハーデの最高傑作、ルーグ・トウアハーデ！　お父様、私、ルーグ様のことを気に入ってしまいましたわ」

「ネヴァン、ネタバラシをするには早すぎないかい？」

「大丈夫ですわ。だって、もうこの方は私の正体すら気付いておりますもの」

ネヴァン。それは、ローマルング公爵の一人娘。

学園では先輩にあたる人物だ。

「ローマルング公爵、これはいったいどういうことでしょうか？」

「失礼、少々試させてもらった。キアンが君のことをあまりに褒めるものだからね。私に王族の名前を騙《かた》って、君を騙《だま》すつもりなんて毛頭ない。言葉では信じられないだろうから証明しよう」

彼の言葉と共に、背後の使用人が前にでる。

カツラを脱ぎ捨て、濡《ぬ》れたタオルで顔を拭き、厚めの化粧を落とす。

すると、桃色の髪があらわになり、目の前にいるネヴァンとまったく同じ顔の人物が現れる。

「初めまして。私がファリナですの。ごめんなさい。私は、こんないたずら反対していたんですよ」

「でも、結果的にルーグ様の力がわかって良かったでしょう？　紹介しますわ。この方が、ファリナ姫。そして、私はネヴァン・ローマルング。彼女の影武者をやっていますの」

「ファリナ姫、初めまして。ルーグ・トウアハーデです。以後、お見知りおきを」

立ち上がり、ひざまずいて王族への忠節を示す。

「さっきもやっていただいたので、大丈夫です。あとはローマルング公爵に任せますの」

ぺこぺこと、ファリナ姫は頭を下げる。

腰が低い人だ。これではどちらが影武者かわからない。こうして見比べると化粧でのごまかしを差し引いても容姿も極めて似ている。まるで双子のように。

とまどう俺にローマルング公爵が笑いかける。

「ネヴァンとファリナ姫は似ているだろう。二人は従妹《いとこ》にあたるのだ。だから、ファリナ姫は私のことをおじ様と呼んでいるのだよ」

「これだけ似ていれば、変装して影武者になるのも容易《たやす》いでしょうね」

「ああ、見抜いたのは君が初めてだ。このように、ちゃんとした王族からの依頼だ。安心してくれたかな？」

「一応は。ただ疑問はあります。ローマルング公爵家がなぜ、ファリナ姫についているのでしょう？　次期国王と目される、第一王子か、第二王子に取り入るのが自然でしょう」

「それはだね、友の、国王の願いによるものだ。国王いわく、ファリナ姫が一番優秀だが、女性であるがゆえに王になれない。そこで、ファリナ姫が力を振るえるよう計らってくれと頼まれているのだ。……ファリナ姫に番《つがい》をあてがうのがいいと思っているのだが、なかなかいい相手が見つからない。そこで、次善策として第二王子を操っていたのだよ。彼に功績をあげさせ……第二王子の発言力が強くなったところでこれだ」

そういうことか。この国では指導者になれるのは男性だけ。仕方なく、ハリボテを用意したのに、それを奪われた。これではもう消すしかない。

「納得しました。もし、この依頼を断ったら？」

「無事で済むとは思わないことだ。君は知ってはいけない秘密を知り過ぎた。それに、君には伝わっているだろう。オルナの茶葉を出し、マーハの名前を出した意味を」

「ええ、おおよそは」

……イルグ・バロールと俺が同一人物であることがばれたのは信じがたい。

なぜ、気付いたのか？　いや、そもそも本当に確信があるのか探らねば。保険が効いている可能性もある。

雑談を交えながら過ごしていると、彼は俺の知りたかった答えを語り始める。

「君とマーハは恋人なのだろう。トウアハーデとオルナに取引があるのは突き止めた。それだけでなく、マーハはルーグ・トウアハーデに入れ込み、オルナの資産を使ってまで君の支援をしている。ただの他人にはそこまでしない。そのうえ、わざわざ先日のパーティで君に会いに来た。必然的に、君たちの関係が浮かび上がる」

安心した。保険がうまく作動したようだ。

マーハと俺《ルーグ》に繋《つな》がりがあるのはバレても構わない。

というより、イルグの正体を隠すための囮《おとり》だ。

オルナとトウアハーデの繋がりからルーグ＝イルグの事実に気付かれると致命傷になりかねない。そこで、あえて代表代理のマーハが個人的な感情で貢いでいる……そう見えるような証拠を用意してある。

人は答えを見つけると足を止め、さらに奥にある真実に手を伸ばそうとしないものだ。

「逃げられないというわけですね。引き受けましょう。ただし、サポートは必要ですし、相応の準備がいります。今すぐの実行はできません」

「それはわかっている。期限は二か月。こちらでリクラ王子のスケジュールを提供する。君のタイミングで殺したまえ」

「これで話は終わりですか」

「ふむ。当初の予定では。一つ、提案がある。ルーグくんが良ければ、私の姪《めい》と結婚するつもりはないかな？」

「まさか、その姪とは？」

「もちろん、ファリナ姫だ。第二王子という駒がなくなる以上、早急に新たな駒が必要となる。君はいい。優秀で物分かりがよく、聖騎士であり、【選ばれしもの】。今の君ならファリナ姫とも釣り合う。次期王になるのだ、君にとっても悪くない話だと思うけどね」

「お父様、それは素敵ですわ。ファリナ姫とルーグ様ってお似合いだと思いますわ」

「ルーグ様がよろしければ、ぜひお願いしたいです。あなたのことは、よく知ってますの」

よく知っているというのは、俺のことを調べつくした成果だろう。

「それは保留させてください。お互いのために」

断りたいのだが、断れば角が立つ。

だから、相手のことを気遣ってという逃げをした。

暗殺がばれた際に、俺とつながりがあればファリナ姫も破滅するのは事実だ。

「優しいんですね。ますます気に入りましたの」

「ファリナ姫、結婚したら、ちょくちょくルーグを貸してくださいませ。ローマルング公爵令嬢として、彼が必要ですわ。お父様も賛成ですわよね？」

「これほどの男だ。反対するわけがない」

貸すというのは、おそらく種馬として。

どこの貴族もより優れた子をなすために、多かれ少なかれ配偶者選びでよりよい血を得ようと努力する。

しかし、ローマルング公爵家は度を越えている。

もてる力のすべてを使い、優秀な遺伝子を手に入れようとするのだ。

彼らはそうやって、もっとも優れた血を取り入れ続け、人間の品種改良を続けてきた。

その結果が目の前にいる、ローマルング公爵やネヴァン。

どちらも非人間的なまでに美しく、圧倒的な能力を持っている。

「そちらの話はまた、改めて」

「では暗殺が終わったら改めて頼みますわ。それと、学園が始まったら、改めてそちらで挨拶をしましょう。無視したらだめですわよ。……寮でというのもちょっと燃えますすね」

ネヴァンが笑う。作りもののほうじゃない笑顔で。

とんでもない人に目を付けられた。

……せめてもの救いは、ローマルング公爵の場合、遺伝子以外欲しがらないので最悪のケースでも体を重ねるだけで済むこと。

ただ、可能な限り逃げるつもりだ。

なにせ、タルトが頰《ほお》を膨らませて、泣きそうな顔で俺を見ているから。

Episode9

第九話　暗殺者は見抜く

The world's best assassin, to reincarnate in a different world aristocrat

ローマルング公爵及び、ファリナ姫との密会が終わり、部屋に戻ると、ディアが出迎えてくれた。

珍しく、お茶を淹《い》れてくれる。俺の後ろでげっそりしているタルトを気遣ってのことだろう。

「お疲れ、ルーグはいつも通りだけど、タルトはしんどそうだね」

「ううう、疲れました。一言もしゃべってないですけど。空気がすごく張り詰めていて」

「タルトはそういうの苦手そうだよね。それで、面白い話は聞けたの？」

ディアの視線の先は俺だ。

「ああ、面白い話が聞けた。それについて話そうと思う」

暗殺チームに内容を話す許可をもらっているので、茶を飲みながら説明する。

「どうして第二王子なんだろ？　その話だと、グランフェルト伯爵夫人を狙った方がよくない？　第二王子が正気を取り戻してくれるかもしれないし、王子を殺すよりずっと楽だよ」

「いくつか理由が考えられるな。第二王子は今までローマルング公爵とファリナ姫の操り人形だった。だからこそ、彼女たちの手口を知っている。証拠はなくとも、誰が命じたか勘づくだろう……そうなれば恋人を殺された怒りの矛先がファリナ姫に向けられる」

第二王子はあくまで操り人形とはいえ、表向きの実績及び、権力なら、ローマルング公爵とファリナ姫を上回るのだ。

彼が暴走をして、牙をむけば、あの二人はただじゃすまない。

「たしかにそうかもね」

「他にも理由はあるだろう。誘惑されているのは第二王子だけだなんて、あの二人は思っていない。……まずはもっとも有害な第二王子を排除して急場を凌《しの》いで様子を見る。どの駒が壊れているかもわからない状態でグランフェルト伯爵夫人を殺して、向こうの駒が暴走したらこの国は終わりだ。愛というのは怖い。理屈が通じない。……むろん即座にグランフェルト伯爵夫人を殺さなければ終わりという状況ならやるが、そうでもない。グランフェルト伯爵夫人はこの国を気に入って、楽しもうとしている。あの二人もそれを読み切って、こういう判断をした」

それも、グランフェルト伯爵夫人こと蛇魔族ミーナの策略の一つだろう。

簡単には殺されない状況を作り、いずれ自分が狙われても魔族の力による力業でどうにでもする二段構え。

口惜しいが、蛇魔族ミーナはいつでもこの国を潰せる状況なのだ。

「すごい人たちだね」

「まあな、あの血筋は怖いよ。ローマルングが目指すのは人間の進化、その果てに真の人間になること。それを何百年も繰り返した成果が、ローマルング公爵でありファリナ姫だ」

「人間から進化して人間っておかしくない？」

「価値観が違うんだ。彼らからすれば今の人間は未完成で不完全。だから、完璧な部分を集め、磨き上げ、本当の人間になる。そういう考えだよ」

品種改良ばかりに目が向けられがちだが、ローマルングは教育にも余念がない。

品種改良と同じ時間を教育にもかけている。

「うわぁ、そこまで行くとちょっと引いちゃうね」

「いろいろと伝説が残っている。まずは……」

有名な逸話があるので、ディアとタルトに話していく。

優秀な血を得るためだけに、公爵家の戦力だけで戦争を起こし国一つを滅ぼした話など。

男がその時代のローマルングなら次々に優秀な女性を手に入れ孕《はら》ませ、女がローマルングなら抵抗なく何人もの優秀な男と交わり、男でも女でも次々に子を増やす。

そうして、できた子供たちのうち、もっとも優れた子を次代のローマルングとし、残りの子は優秀な家臣として本家に尽くす。

それを一族すべてが徹底している。

「凄《すさ》まじいね」

「私、ルーグ様の後ろにいても怖かったです。それぐらい、纏《まと》ってる空気が違う人で。あと、マーハちゃんのことが知られているのには驚きました」

「驚きはしたが、あそこまでならいい。俺とマーハが恋人だという情報、それは俺とマーハが用意した囮だよ。人間、こちらが隠している秘密を見つけると安心してしまうからね。そこから踏み込んでさらなる真実を見つけようとはしない」

俺とマーハが恋人だというのは、ダミー情報。

超一流の諜報《ちょうほう》機関が本気で動けば、見つけられる程度に隠蔽している。

それを見つける苦労が大きければ大きいほどに情報の信ぴょう性が増す。ここまでして隠している情報なら本物だろうと思い込んでしまうのだ。

加えて、俺とマーハの関係は、そうとも見られるものだし、オルナとトウアハーデの取引は隠すべき情報。向こうが満足するだけの俺の弱みとなる。

だからこそ、イルグ・バロールと俺が同一人物という致命的な情報を気付かせないストッパーになってくれる。

「相変わらず、用意周到だね。でも、一方的にやり込められて面白くないかも。一番大事な情報を隠しているって言っても、オルナやマーハが狙われたら痛いってことは変わらないし。なにか、向こうに弱みとかないのかな」

「あるな。さっきの会談で、ファリナ姫とローマルング公爵の秘密を見つけた」

「うわぁ、よくそんなことができたね」

向こうは気付かれたことにすら気付いていないだろう。

この魔眼、トウアハーデの瞳があったからこそ気付けたことだ。

その秘密をここで告げる。

「ファリナ姫の父親はローマルング公爵だ」

「あの、ルーグ様、影武者がローマルング公爵令嬢だってことは秘密ですが、別に脅しにはならないんじゃ、王家の人ならみんな知っているでしょうし」

「ネヴァンも娘だが、ファリナ姫もローマルング公爵の娘だ。あの二人は双子だよ」

「えっ、えええええええええええ!」

タルトが驚いた声を上げる。

「この眼は魔力が見える。魔力にはそれぞれ色があるんだ。親子だとある程度似てしまうし、双子ともなるとほぼ同一。……表向きは、ファリナの母親の婿養子にローマルング公爵の弟が収まっている。しかし、間違いなくファリナ姫の父親はローマルング公爵本人だ」

いったい何でそんな回りくどいことをしたのか知らないが、そこは間違いない。

王族との不倫なんて話、それも体を重ねただけじゃなく子まで産ませたともなれば大スキャンダルだ。

……ローマルング公爵が王女に双子を産ませ、王族の証たる桜色の髪であるファリナを王家に残し、王族の証がないネヴァンを自分の子として引き取った。

ファリナに肩入れするはずだ。自分の娘なのだから。

それは親の愛なんて理由じゃない。ファリナ姫自身が、ローマルング。あの家の本懐たる真の人間への到達を果たすのに便利だから。

「王族と不倫なんてまともな神経じゃできないよ。そんなのに狙われるルーグってやばくない？　というか、どうせなら勇者とくっつけばいいのにね。技術ならルーグが上だけど、向こうが欲しいのって先天的な生き物としての強さだよね？」

そうか、ディアはまだエポナが女だとは知らないのか。

もっとも、もし男だとしてもローマルング公爵はエポナを選ばなかっただろう。

「いや、ローマルングが目指しているのは真の人間だ。勇者や魔族は化け物で、人間と認識してない。彼らは人間の究極を目指しているんだよ。そこを踏み外せば、化け物に堕《お》ちる」

ただ力を求めるだけなら、魔族、魔物、そのあたりの強力な生物の因子を取り込めばいい。

……成功例はごくわずかなものの、力を求めてそういったことをした家もある。

だが、ローマルングはそれを選ばない。

彼らは人間を愛しているからこそ、その可能性を信じ、そこにかけている。

「そうなんだ。なら、ルーグは勇者になっちゃおう！」

「ディア様、いいアイディアです。そしたら、もう狙われることがなくなります！」

「……そんな簡単になれたら苦労しないさ」

女神ですら世界に一人しか生み出せないイレギュラーなのだから。人がどうこうできるものじゃない。

「ともかく、これで王都での用事は終わりだ。一度、トウアハーデに戻る」

「あの、第二王子の暗殺はいいんですか？」

「今すぐできなくもないがリスクが高い。王族殺しは証拠がなくとも疑われた時点で死罪なんだ。期限は二か月もある。万全を期すべきだろう」

「そっか、じゃあ、やっと帰れるね」

「嬉《うれ》しいです。菜園の様子が気になってました」

「タルトはともかく、ディアはここでの暮らしが気に入ってなかったか？」

「快適だけど、やっぱり工房がないから研究が捗《はかど》らないよ」

……工房、それはトウアハーデの屋敷にある一室をディアが徹底的に改造した魔境だ。

式を書き換えることで行われる魔法開発で、なぜそんなものが必要か理解できてないが、事実それで成果を出しているのだから文句は言えない。

今度、あそこで何をしているか見せてもらおう。

「そうか、帰ってからも忙しいぞ。前回の魔族との戦いはぎりぎりだった。だから、もっと強くならないといけない。二つやることがある。一つ目は、ようやく鑑定紙を受け取れた。これで二人のスキルを見て、スキル次第で戦闘スタイルを見直す」

「あっ、やっと手に入ったんですね」

「それ、一回見てみたかったんだ」

聖騎士権限で取り寄せを頼んでいたが、向こうでトラブルがあったらしく、ようやくのご到着だ。

二人のスキル次第では、できることも増える。

「もう一つは、俺たちの持つ【可能性の卵】をスキルに変えることだ。こいつは俺たちの心を映す鏡。必ず、必要なスキルになる」

その人物の生き方、渇望、そういったものを読み取り、適したスキルに変化する。場合によってはSランクスキルにもなる。

だからこそ選んだものだ。

次に魔族と戦う前に新たなスキルは得ておきたい。

「ルーグ、でも、その卵ってどうやってかえすの」

「私もわからないです」

「実は俺もわからない。調べているところだが、手探りでいろいろやってみよう」

エポナに話を聞いてみようか。

もともと彼女のスキルだ。何か知っているかもしれない。

王都を出る前に挨拶をしていこう。

……それにノイシュのことも頼んでいかなければならない。

あの力への渇望、加えて蛇魔族のミーナが彼を気に入ってしまった。

どうしても、彼のことが気になるのだ。

Episode10

第十話　暗殺者はディアのスキルを知る

The world's best assassin, to reincarnate in a different world aristocrat

王都からトウアハーデに戻ってくる。

「うーん、懐かしの我が家だね」

ディアが屋敷に戻ると、そう言いながら伸びをする。

「ああ、ルーグ笑うなんてひどいよ！」

「すまない。からかっているわけじゃないんだ。あまりにも自然で、本当にディアがトウアハーデになったんだなって嬉しくなったんだ。……二人とも馬車の長旅で疲れただろ？昼食までゆっくりと体を休めてくれ。午後から鑑定紙を使う」

「どきどきするよね。すごいスキルがあるといいなぁ」

「はい、強いスキルがあればもっとルーグ様のお役に立てます」

馬車のなかではその話題で持ち切りだった。

……俺も一度部屋に戻ろう。

忙しくなる前にやっておきたいことがあった。

◇

母さんが作ってくれた昼食を楽しんで、俺たちは訓練場に集まっていた。

見た目はただの白紙をタルトとディアに渡す。これが鑑定紙だ。

「ちゃんと、三枚ありますね」

「せーので使うよ」

「俺はいい」

「えええ、どうして？」

「使ったことがあって、スキルを知っているんだ」

正確には転生前に女神に教えてもらっていたから知っている。しかし、それを言うわけにはいかないので、誤魔化《ごまか》す。

「うわぁ、ずる。でも、それならどうして三枚も手に入れたの？」

「こういう機会でもないと手に入らないから、一枚は予備にとっておこうと思ってな」

今のところ、俺の暗殺チームはタルト、ディア、マーハ含めて四人。

マーハは実働部隊ではないため、スキルを確認する必要性は少ない。

しかし、予定にはなくとも今後メンバーが増える可能性がある。

「ふーん、新しい仲間ね。次も可愛い女の子だったら、わざと女の子ばっかり集めてるって、ちょっと疑っちゃうかも」

「そうなるかもしれないな。仲間は人格と能力を重視する。性別は選考外だ。今までも、これからもな」

紛れもない事実だ。ディアが師匠としてやってきたのは偶然。

トウアハーデ領で魔力をもっている子を探し回っている最中にタルトと出会ったのも偶然。ムルテウの孤児院でマーハに出会ったのもそうだ。

俺は一度たりとも女性の仲間を探したことなどない。

「わかってるけど、ちょっとぐらい慌ててよ。昔のルーグはもっと可愛げがあったのに。お姉ちゃん、お姉ちゃんっていつも後ろにくっついて」

そんな事実はない。すごい勢いで過去がねつ造されている。

「とにかく、二人とも鑑定紙を使ってくれ。その紙に想《おも》いを込めれば使える」

「いよいよだね……スキルなかったら、どうしよ」

「私、自信がないです。取り柄とかあまりないですし」

「タルトは料理が得意だよね」

「せっかくのスキルが料理だったら逆にがっかりしちゃいます……」

期待に胸を膨らませていた先ほどとは違い、いざ使うとなれば不安のほうもやってきたようだ。

それでも、期待のほうもしっかりあるらしく、二人がわいわい言いながら鑑定紙を握り締めて想いを込める。

すると、スキルとその説明文が浮かび上がる。

これはもはや物理法則や、魔法理論、科学的な仕組みではそうなる理由を説明できない。

いわば神秘や、奇跡というべき現象。

この鑑定紙を作れるものは非常に限られているし、厳重に保護されている。人ではないという噂《うわさ》すらある。

こうして、実際に鑑定紙を使っているところを見るとその噂は正しいと思えた。

こんなもの、人間が作れるわけがない。……人間が作れたとしても、超常的な何かの力を借り受けているはずだ。

「ふう、白紙じゃないってことはスキルがあるってことだね。私は三つ」

「私も三つです」

ディアとタルトがそれぞれの鑑定紙を持って駆け寄ってくる。

「向こうでゆっくりと見よう」

訓練場の備え付けの机に鑑定紙を広げる。

まずはディアだ。そこには、彼女の持つスキルが書かれている。

どうやら、鑑定紙には【私に付き従う騎士たち】で得たスキルは書かれていないようだ。

「私、魔法が得意だと思っていたけど、こんなスキルがあったんだね。あと天才だって、ふふん、私は天才だったんだよ！」

「いろいろと納得がいったよ。ディアの魔法制御は異常だったからな……」

ディアはAランクスキル、Bランクスキル、Dランクスキルをそれぞれ一つ保有している。

Aランクスキルを得られるのは、百万人に一人。

その時点で、ディアは特別な存在だ。一万人に一人のBランクスキルまで持っているのは奇跡と言っていい。
・【虹色の魔術士】
Aランク。

魔力制御・魔力放出量に上昇補正。

また、自分が持つ任意属性への変更が可能。変更手順は望む属性の魔法を詠唱すること。変更後一時間変更不可。
・【天才】
Bランク。

計算力・思考力・記憶力・発想力に優れる天才になる。

・【老化耐性】
Dランク。

第二次性徴期終了後、老化速度が抑制される。

【虹色の魔術士】が目玉スキルと言えるだろう。

魔法の精度と威力、両方を底上げしつつ、任意の属性変換。

俺の場合は四属性使えるが、光と闇は使えない。

しかし、ディアは特異属性である光と闇属性すら使えてしまう。

「すごいですね。ディア様のスキル、強くて便利そうなのばかりです！」

「今まで微妙に宝の持ち腐れだったけどね。属性が切り替えられるなんて知らなかったよ。だって、自分が使えない属性の魔法なんて詠唱してみようなんて思わないもん」

「そうだろうな。ディア以外にも、発動条件を知らずに宝の持ち腐れをしている者は多いだろう。鑑定紙を使って良かった。天才も羨ましいスキルだ」

【天才】は非常に汎用性が高いスキル。

転生前に【成長限界突破】とどちらにしようか悩んだぐらいだ。

「……でも、ちょっと微妙な気持ちだね。私は努力ですごい魔法を唱えられるようになったって思ってたし、魔法作りだってがんばった成果だって思ってた。でも、こうしてスキルを知ると、スキルのおかげでしかなかったんだって」

「それは違うな。あくまで才能があるだけだ。いくら才能があっても、それを伸ばさないと意味がない。それをしてきたから今のディアがいる。そんなディアのことを俺は尊敬する」

才能があっても、それに溺れてなにも為《な》せない。そんな人間を何人も見てきた。

正しく才能を伸ばすことはひどく難しく、できるのはほんの一握りだ。

「ルーグってたまにくさいこと言うよね」

「……うっ、自覚はある」

「だけど、ありがと。とっても嬉《うれ》しいよ。さっそく、属性を切り替えてみたいね。どうせなら、光か闇がいいかな。それ以外のは私とルーグで、一通り使ったことがあるし」

新たな魔法を作る際に、既存の魔法を分析して、ルールを導き出し、オリジナル魔法を開発してきた。

俺たちは手分けをして、四属性の魔法についてはほぼ覚え、分析材料にしている。

しかし、特異属性である光と闇は手付かず。

属性を変更して、光と闇の魔法を何度も唱えて新しい魔法を得ていけば、新たなルールを発見できるはずだ。

「光の魔法を使える知り合いに心当たりがある。手紙を書いて、光の魔法の式を送ってもらえるよう頼んでみよう」

「驚いた、そんな人いるんだ」

「ああ、最近知り合ったんだ」

……最近、顔を合わせたばかりの人物だ。

その人物はネヴァン。ローマルング公爵令嬢。

彼女は、光の魔法を使える稀少性《きしょうせい》から、輝きの姫君という二つ名を持つ。

二人で盛り上がる俺たちを後目にタルトは最後のスキルをじっとみていた。

「【老化耐性】、羨ましいです。ずっと綺麗《きれい》なままでいられて。きっと、そっちのほうがルーグ様に喜んでもらえます」

「俺が喜ぶかは置いておくとして、誰だって老いたくないだろうな。すごいスキルだ。

……もしかして、ヴィコーネの女性って、これが遺伝していたりしないか？　母さん、絶対このスキルを持っているだろう」

脳裏に四十を超えているのに二十前でも通じる母の姿が浮かぶ。

一部の特殊な家系ではスキルが遺伝すると聞いたことがある。

そうであれば、母の異常な若作りも説明できる。

「うちの家系、女の子はみんな若作り否定できないよ。でも、このスキル要らないかも。だって、きっとこれのせいだよ！　背が低いし、胸が大きくならないの！　第二次性徴期ってなんのことかわからないけど、老けないって成長しないってことだもん。これさえなければ、私だってタルトみたいに」

恨めしそうにディアがタルトの胸と鑑定紙を交互に見ている。

……あえて言わないが第二次性徴期は十代後半までだ。

今の時点で悪影響なんてあるはずがない。

「あははは、でも大きいのは大きいので大変ですよ」

「……大きい人は皆そういうよ。とにかく、私のほうはこれで終わりだね。タルトのほうを見よ！」

「はい、これが私の鑑定紙です！　良かったです。私もAランクのスキルがありました！」

タルトのスキルはAランク、Cランク、Dランクの三つ。

ディアだけじゃなく、タルトもAランクスキルを持っている。

これはたぶん偶然じゃないだろう。

女神が何かしらの介入をしたのかもしれない。

そこは疑うべきだが、Aランクスキルを持っているのは純粋にありがたい。

強力なスキルだ。……それに面白い。

タルトのスキルを見たとき、俺は心の底から、タルトらしいスキルだなと苦笑してしまった。

Episode11

第十一話　暗殺者はタルトの力を知る

The world's best assassin, to reincarnate in a different world aristocrat

ディアのスキルを調べ終わって、いよいよタルトの番だ。

「かっこいいスキルです！」

「かっこいいっていうより、タルトらしいな」

「うん、なんかもうぴったりすぎて怖いぐらいだよね」

鑑定紙を三人で見る。

そこには【私に付き従う騎士たち】で与えたスキルを除くものが書かれてある。
・【従者の献身】
Ａランク。

自らの魂が認めた主と契約を交わすことで発動可能になる。

契約は粘膜接触後に主従関係になったことを確認し、了承されることで行われる。魂が認めた相手でなければ失敗する。主の変更はできない。

能力発動中、自らと主の全能力強化。また、主の死亡時に自らの命と引き換えに蘇生《そせい》・

回復が可能。

・【槍術《そうじゅつ》】

Cランク。

槍装備時の身体能力、槍を使った攻撃の威力・速度・精度に上昇補正。

・【努力】

Dランク。

努力をする才能、努力を惜しまない性格。集中力・精神力が回復しやすい。

「【従者の献身】、これは異性ならいいが同性ならどうすればいいんだ……」

「簡単だね、男同士でキスすればいいんだよ」

「それはそうだが」

……これも知らない限り発動できないスキルだな。

なにせ、そもそも主と認める相手と深い関係にならないといけない。

そして、そういうことをやってすぐにわざわざ主従関係であることを確認するなんてことをする状況が考えられない。

「あの、ルーグ様、このスキル、すぐに使うべきです！　だって、私もルーグ様も一緒に強くなれますから」

タルトが期待を込めた目で俺を見ている。

たしかに、条件が厳しい分、二人分の全能力強化という破格すぎる能力だ。

他のAランクと比べてもずば抜けて強力なのはある意味で使い捨てだからだろう。

主と定めた人物は変えられない。主が死ねば、その時点で完全に死にスキルとなる。そもそも人の心は移り変わる。一度は信じた主を信じられなくなるかもしれない。

また常時強化ではなく、発動中のみの強化でしかないという点もマイナス。

だからこそ、【私に付き従う騎士たち】と違ってAランク扱いなのだろう。

「タルト、一つ約束してくれ。全能力強化は積極的に使うべきだ」

「はいっ」

発動時及び発動中の体力・魔力消費や、強化幅の検証は必要だが、使わない手はない。

しかし……。

「後半。自分の命と引き換えに俺を救う。その能力は使わないと約束してくれ」

きっと、スキル名から考えると後者こそメインのスキルなんだろう。

だが、俺はそれを望まない。

「……申し訳ございません。約束なんてできないです。だって、そうなったら、絶対私は使っちゃいます。ルーグ様に嘘《うそ》はつけないです」

タルトがうつむいて呟《つぶや》く。

「なら、契約はできない」

タルトはもうただの道具じゃない。家族を犠牲にすることを前提にしたスキルはいらない。

「ルーグ、それってちょっと変じゃない」

「変って何がだ？」

「タルトを犠牲にしたくないから、そのスキルを使わないってことだけど。それ使うときってルーグが死んだときだよね。死ぬつもりなの？」

「そんなつもりはない」

「なら、気にすることないよ。【従者の献身】があると強くなって死ににくくなるよね。死ぬ気がないのに、死んだあとのこと考えて、力を使わずに死ぬ危険性を高めるなんておかしいよ」

めちゃくちゃを言っているが、筋は通っている。

「ルーグ様！」

タルトのほうに目を向けると、決意を込めた目で見つめていた。それから、首の後ろに手を回し強引に唇をあわせてきた。大人のキスだ。

避けようと思えば避けられた。

でも、タルトの表情を見たら、そんな気が失《う》せてしまった。

長いキスが終わる。

「私のご主人様になってください。それから、私を死なせないように、死なないでください。私は、こんなスキルなくても、ルーグ様が死んじゃったら、死んじゃいます」

タルトを死なせないように死なないでくれか。

……ずるいな。そんなことを言われたら逃げられないじゃないか。

「わかった。改めて頼む。俺の従者になってくれ」

その言葉を放った瞬間、俺とタルトの魂が熱い何かで結ばれた。

主従の絆《きずな》。そういうものがしっかりと結ばれる。

魂でタルトを感じる。

「ルーグ様が流れこんでます。今なら、このスキルを使えるって感じます。【従者の献身】」

タルトがスキルを発動した。それと同時にタルトをより強く感じるようになった。

身体能力、魔力、動体視力、反射神経、思考力、計算力、ありとあらゆる能力が向上するのを感じる。

「私、強くなってます。それに、とってもルーグ様が近くて、安心します。ずっと、こうしていたいです」

「そうだな、心地いいよ」

力だけじゃない。タルトの気持ちが伝わってくる。

……いや、これ、そんなレベルじゃない。タルトの考えていることがわかる。

『さっきのキス、大胆すぎたかな？　ルーグ様にエッチな子って思われたらどうしよ。でもとっても気持ち良かった。またしたいです。キスしたせいでほてってる。後でルーグ様のお部屋へ行って……って、あれ、今のを聞いてるってルーグ様の思考が、うそ、えっ、えっ、あれ、あっ、はいっ、今日の晩ごはんはお肉がいいんですね。かしこまりました。ってえええええええ』

どうやら能力発動時はお互いの思考は筒抜けになるようだ。

なら、ついでにもう一つ実験をしてみよう。

『タルト、俺の思考が聞こえるなら右手を上げてくれ』

『タルト、俺の思考が聞こえるならもう一度キスをしてくれ』

二つの思考を並行して走らせる。表層と深層でだ。

タルトが右手をあげる。

しかし、キスはしない。

なるほど、表層での思考は共有されてしまうが、深層での思考は聞こえないのか。

暗殺者は拷問や自白剤への対策で、表層と深層で思考や記憶を使い分ける。

たとえ、自白剤を使われても、掘り起こせるのは表層だけで深層は暴かれない。これは特殊な訓練でできる技術。

……これを使えば、聞かせたくない思考は聞かせないで済むようだ。

一方、タルトのほうは顔を真っ赤にして煙を吹いていた。

『ううう、恥ずかしいです。変なこと考えないようにしないと。エッチなことは特にだめって、エッチなことを考えないようにしてるって聞かれてる⁉　それも恥ずかしいです。エッチなことを考えないように考えることをやめて、ルーグ様の胸板……って、だめです。考えようとしないようにしたら余計に、また頭にはわわわわ』

この力はタルトにとっては危険なようだ。

それに、デメリットばかりじゃない。テレパシーを使えるというのは便利だ。俺からしたら面白いが。

リアルタイムの通信は連係を取るときに圧倒的なアドバンテージ。

密談などに用いることもできる。

「ルーグ、さっきからにやにやしているよ」

「タルトがおかしくてな」

本当に可愛《かわい》らしい。

「タルト、力の発動で疲労は感じるか」

「えっ、はっ、はい、ぜんぜん感じません」

「そうか、なら、このまま実験させてくれ」

せっかく能力を発動したのだから、色々と試してみよう。

まずは効果範囲を調べた。

離れていくと、おおよそ二百メートル付近で繫《つな》がりが切れた。

再び近づいても自動では繫がらない。

もう一度、発動しようとしても使えなかった。

一分ごとに再使用を試すように言う。一度使うとしばらく使えないタイプのスキルのようだ。どれだけインターバルがあるかは知っておきたい。

「あの、ルーグ様、ごめんなさい。変なこといっぱい考えて」

「いいよ、可愛かったし。だがな、精神修行をもう少し頑張ろう。いつでも雑念を払えるようにな」

「はいっ、がんばります！」

戦いのときは、優れた集中力を発揮できるが、それをいつでもできないのは問題だ。

「残りのスキルは【槍術】と【努力】か。どちらも使いやすいスキルだ」

「前から、タルトの槍さばきはすごいって思ってたけど、スキルがあったんだね」

俺はCランクに汎用性重視、つまりはありとあらゆる武器を使い分けるという前提で【体術】を選んだが、武器を固定するならこういったスキルのほうが強い。

「はい。これからはもっと槍に自信を持てそうです！　それに、努力ってスキルがあるなら、もっともっと頑張らないと。人より努力できるんですから！」

タルトはきっと、そんなスキルがなくても頑張り屋だ。

「これからどうするかだが。【槍術】があるなら、銃の訓練はやめて、そっち一本に絞ったほうがいいかもしれない」

「そんなことないです。とっさに使えて便利です。懐に入られたときとか、こんな感じで！」

タルトがスカートを翻し、太もものホルスターにセットしてある拳銃を抜いて構える。

速く、流麗。神速のクイックドロウ。努力のあとが窺《うかが》える。

「その速さなら、十分な武器になるな」

「はい、槍使いを倒そうと、懐に入り込んできたところをばーんってします。あと、槍を組み立てるよりずっと速くて、いきなり戦闘になったときも便利なんです。せまい部屋とかだと槍は振り回せないですし」

拳銃は射程が短いが、取り回しがいい。そういう芸当も可能だ。

「ねえ、ルーグ。槍だったらスキルが発動するんだよね。だったらさ、銃が撃てる槍を作ればいいんじゃない」

「それは槍なのか。……できないことはないな。よし、試すだけ試してみようか」

銃剣をベースに設計してみよう。

「ぜひお願いします！」

「あまり期待しないでくれ。今のように折りたたみにするなんて無理だし、構造上脆《もろ》くなる。槍としての性能はさほど高くない」

「それでも、遠距離攻撃ができるのは嬉《うれ》しいです」

タルトの場合、風という攻撃に向かない属性で、本人にも魔法の才能はあまりないので遠距離攻撃はできない。

だから、遠距離攻撃ができる俺たちが羨ましかったのだろう。

「これで、二人のスキルは把握できたな」

「ルーグのがまだだよ！　私達のスキルを教えたんだから教えてよ」

「あっ、私も気になります！」

俺は微笑み、スキルを説明していく。

【超回復】【式を織るもの】【成長限界突破】【体術】、勇者にもらったスキル。

「めちゃくちゃだよ！　なんで、全ランクのスキルもってるんだよ。そんなの聞いたことがないよ」

「運が良かったんだ」

「あれ、Dランクのスキルを言ってないですよ。ルーグ様に昔、絶対にDランクは誰でも持っているって教えてもらいました」

「それは秘密だ。……切り札で一回こっきりの不意打ち用。だから、絶対に誰にも言わないと決めている」

それは、あのスキルを取得したときから決めていたこと。

知られた瞬間、無価値になる。

だが、知られない限りは切り札たり得る。たとえタルトとディア相手だろうと教えない。

「うわぁ、私たちは全部教えたのに秘密なんて、ずるだずるだ。すっごく気になっちゃったよ」

「……私もです。でも、ルーグ様が秘密にするって決めたなら」

二人は不平を言うが、言わないものは言わない。

「さて、そろそろ屋敷に戻ろうか。マーハが海外の美味しくて面白いお菓子を送ってくれているんだ」

「ああ、逃げる気だ」

「待ってください、ルーグ様！」

二人のスキルは把握した。

スキルを知り、有効活用したことでより俺たちは強くなる。

あとは、【可能性の卵】をかえすだけだ。

そちらの調査も進めている。近いうちにそちらの努力をするだろう。

でも、今日はうまい茶とお菓子でまったりしよう。休息も大事だ。

Episode12

第十二話　暗殺者はチョコを贈る

The world's best assassin, to reincarnate in a different world aristocrat

スキルの確認が終わり、お茶会を開催する。

二人に食べてほしいものがある。

開催場所は屋敷ではなく、母が育てている花壇とは名ばかりの家庭菜園が見渡せる位置にあるテーブルだ。

……城で世界一美しい花畑を見たあとだからギャップがひどい。母いわく、『野菜にも花は咲きます。なら、食べられるほうがお得ですよ』だそうだ。

「ふたりとも準備ができたよ」

特製のハーブティーと、長年の研究を経てようやく商品化したものを並べる。

いつもはタルトの仕事だが、今回は二人を驚かせるために俺がやる。

「あっ、これルーグが昔お土産に持ってきてくれたやつだね。ものすごく美味しくて、また食べたいって思ってたんだ」

「よく覚えていたな。あのときのは試作品だったが、やっと商品化した」

「私も大好きなんです。ルーグ様に昔味見をさせてもらいました。ほろ苦くて、甘くて」

「うんうん、いいよね、チョコレート」

「はいっ！」

俺が取り出したのはチョコレート。オルナの新たな主力商品。

「さっそく食べてみてくれ」

「うーん、やっぱり美味《おい》しいよ。すっごく高級感があるよね」

「はい、この不思議なうっとりするような感じ、他のお菓子じゃ楽しめません」

二人はさっそくチョコレートを堪能する。

俺も一口。うん、よくできている。

なめらかな口当たりだ。それにカカオ比率がいい、カカオの風味が味わえ、苦すぎない絶妙な配合。前世の言葉で言うならビターチョコ。

高級感があるし、チョコレートの魅力を楽しむにはこれが一番いい。

「でも、昔食べさせてもらったのと比べると、滑らかさが足りなくて少しぼそぼそしていますし、風味も物足りないです。あっ、でも、とってもとっても美味しいんですよ。変なことを言ってごめんなさい」

「謝ることはない。むしろ、よく気付いてくれた。たしかにこれは前に食べさせたものより質が落ちる」

「そうなんですか？　材料の違いですか？」

「ネタバラシは後で。今はチョコを楽しんでくれ」

「はいっ！」

タルトは料理の腕が上達するのに比例して舌も良くなっているようだ。

この違いに気付くとはなかなかやる。

「うーん、ハーブティーとの組み合わせもばっちりだよ」

「悪くないが、チョコと合わせるならコーヒーのほうがいいかもな」

「コーヒーってなに？　そんなの初めて聞いたよ」

「いつか、手に入れるよ。きっと、広い世界のどこかにはあるだろうから」

コーヒー、あれもなんとか手に入れたいものだ。

この大陸に流通させれば間違いなく巨万の富を築き上げられるだろう。

「商品化にすごく時間がかかりましたよね。ムルテウにいたときには試作品ができてたのに」

「ああ、苦労した。材料のカカオって木の実をチョコレートにするのがすごく大変なんだ。手間暇かかるし、工程が複雑だし、特別な技術も必要だ。俺だけが作れたところで商品にはならない。腕のいい菓子職人をスカウトして修業をしてもらっていてね。一年弱も試行錯誤してようやく売れるレベルになった」

カカオからチョコレートを作るのは極めて難しい。

下準備でカカオの実からカカオ豆を取り出し、バナナの皮などで包み発酵させて、その後乾燥させる。

……言葉でいうと簡単だが、発酵に使う酵母の善《よ》し悪《あ》しで、味や風味は変わるし、発酵させる環境には細心の注意が必要かつ、日数などは周囲の環境次第。

乾燥にもコツが要り、少しでもミスすれば台無しになる。

そうやって下ごしらえしたものを焙煎《ばいせん》し、殻を剝《む》く……それを砕いてすり潰して、材料を加えるミキシング……そこからさらにレファイニングやコンチングというチョコレートを練っていく作業なんだが、七十二時間ほど練り続けるという気が遠くなる作業。

それも、なめらかな口当たりにするには力任せに混ぜているだけではだめで技術がいる。

そこまでやったのを、テンパリング、温度の違うお湯で何度も湯煎することで脂の結晶を整え、口当たりや風味を良くしていく。

これが最難関で菓子職人の腕が試される。これを終えればようやく型にいれて完成。

超一流の菓子職人をスカウトしたのに、一年かけてようやく及第点。

「別の人が作ったから、ルーグ様が作ってくれたのより味が落ちたんですね」

「そのとおりだ」

「さすがはルーグ様です」

タルトはそう言い終わると、最後の一個を口に運んで、チョコレートのように溶けた表情を浮かべる。

ディアも似たようなものだ。

二人とも、チョコレートをいたく気に入っていた。

ここまで喜んでもらえるなら、苦労して商品化した甲斐《かい》があるというものだ。

「ふう、あっという間に食べちゃったよ」

「……もっと味わって食べればよかったです」

二人の皿は空っぽになった。

いつもなら、予備があっておかわりを出すのだが今回は余分がない。

「売れると思うか？」

「うん、絶対売れるよ！　貴族なら金貨積んででも買うよ」

「私も、お小遣いで買える値段なら我慢できる気がしません」

実はチョコレートが好まれているのは味だけじゃない。

カカオに含まれるポリフェノール・テオブロミンには疲労回復・リラックス効果がある。

美味しいだけではなく、れっきとした薬だ。

「チョコレートは先月から売り出して、定期購入者に送ったんだが、かなり評判がいいんだ」

定期購入者向けの詰め合わせは、転売対策であり、店頭の混雑対策であるが、オルナが売り出したい商品を送り付けられるのが大きな強みだ。

どんないいものを作っても手にとってもらえないと意味がない。

詰め合わせ商品の一つにすれば、簡単に手にとってもらえる。しかも商品を送る先は情報発信力のある富裕層と貴族ばかり。

あっという間にチョコレートの噂《うわさ》は爆発的に広まっていて、幻の菓子と呼ばれていた。

「……たぶん、すっごい勢いでクレームが殺到してると思うよ」

「お菓子を送るのは初めてだったが、茶葉だって喜ばれているんだ。チョコを入れても文句はでないだろう?」

「そういうのじゃなくて、もっと売ってくれとか、店頭にも置けだとかいろいろだよ」

「正解だ。すでにそういう類のクレームは山程来ている」

「やっぱり」

追加購入希望、来月も絶対に入れてくれという嘆願、店舗に並ぶかの確認ｅｔｃ．。なかには無茶《むちゃ》なことをいう客もいる。

「そういうのをクレームというなら、クレーム殺到だ。マーハがうまく対処してくれている」

「うわぁ、大変そう。……貴族のクレームとかぜったいめんどくさいよ」

「あの、ルーグ様、これだけ美味《おい》しくて、人気になっちゃったら、他のお店に真似《まね》されないですか？」

「難しいとは思うな。カカオの仕入れ先は海の向こう。そこと取引しているのはオルナだけだし、何より、チョコレートの作り方は難しすぎてね。……まともにカカオをチョコレートにする方法を研究すれば百年かかる」

仮にカカオの仕入れルートを手に入れたとしても、そもそもカカオ豆をバナナの皮にくるんで発酵させるというスタート地点からして思いつきすらしないだろう。

「問題は、職人さんを買収されたり、拉致されることだね」

「その辺は抜かりがないさ。これだけの投資をしているんだし、用心もしている。もし、手を出すやつがいれば……一生後悔することになるさ」

乳液のときに、そういう輩《やから》は腐るほど相手をしている。だからこそ、対策のノウハウが溜《た》まった。もっとも、そのときに大手の商会たちは痛い目を見ているので、今回は手を出してこないだろう。

「このチョコ、こんなに美味しいのに、すごく大変なんですね」

「まあな。だからこそ武器になる。その武器をより強くするためにチョコレートが店に並ぶのも定期購入者に送るのも二か月に一回だけにした」

「うわぁ、えげつないね。実質、月に一回しか買えないね。めちゃくちゃプレミアついちやうよ」

それが狙いだ。

オルナでしか作れない。しかも月に一度しか販売されない幻の菓子。

その希少感が、チョコの価値をさらに吊り上げる。

ただ、タルトはそうすることの意味がわからないようで首をかしげてる。

「あの、希少価値がなくてもたくさん注文されてますよね？　なら、とにかく作ったほうがいいんじゃ？」

「利益だけを考えるならな。だが、希少価値があれば別の使い方がある。……貴族や富豪たちの中で話題になっている幻の菓子、それをもらったら嬉《うれ》しいだろう。このチョコは接待用に開発したんだ。……それに、他にも使い道がある」

滅多《めった》に手に入らないものほど、人が羨むものほど、貴族や富豪は欲しがる。

その点、このチョコレートは完璧だ。食べたものが自慢し、オルナでしか売られず、買えるのは月に一度だけ。そして、品質も伴っている。

「ああ、わかった！　あのさ、さっきクレームいっぱいで大変だって言ってたよね。それさ、めちゃくちゃな条件と引き換えにチョコ送ったりしてるんじゃない？」

「そのとおり。……貴族や富豪はかっこつけが多くて助かる。特に女性にいい格好をしようとしている男はね。女性にせがまれてチョコレートを手に入れるって約束して、勝手に引っ込みがつかなくなった相手に、情報や、権利を寄越《よこ》せとか、いろんな融通を利かせてくれと言うとあっさり呑《の》んでくれるんだよ」

「うわぁ、黒。チョコレートより黒いよ！」

オルナがチョコレートを送る条件に要求したのは、金をいくら積んでも手に入らないもの。それがこの先、オルナに凄《すさ》まじいまでの利益を生み出す。

驚いたことに、他国の王族までもがチョコレートの魅力にはまり、とんでもないものを差し出してきた。

これが可能になったのはチョコレートに希少性をもたせたからこそだ。

「というわけで、早速、これを手土産にお願いごとをしに行こうと思う。すでに貴族たちの中で、チョコレートの価値は金より高い。多少、無茶な願いも聞いてくれると思うんだ」

センスよく包装された紙箱を取り出す。

「あっ、ルーグずるい、もう一箱あったんだね！　おかわりあるじゃん！」

「言っただろ、これは贈呈用だ」

「いったい誰に会いに行くの？」

「光属性魔法の使い手に。ディアのスキルを活《い》かすためにな。光魔法、早く使ってみたいだろ？」

「うっ、そう言われるとわがまま言えないよ」

「いい子だ。ご褒美に、今度多めにチョコレートを送ってもらおう」

「やった、ルーグ大好き！」

ディアが抱きついてきて、タルトがうらやましそうに見ている。

いつものパターンか。……そう思っていたら、タルトも『ルーグ様、大好きです』と言って抱きついてきた。もしかしたら、さっきの【従者の献身】がきっかけになって、タルトの意識が変わったのかもしれない。

「とりあえず、放してくれ。会いにいく準備をしないと」

「はーい」

「あの、すみませんでした」

当初、光魔法の件は手紙で依頼をしようと思ったが直接会うことにした。

会う相手は、ローマルング公爵の娘ネヴァン。彼女にチョコを手土産に光魔法を教えてもらう。

そして、直接出向くと決めたのは、あの時はできなかった話をしたくなったというのもある。王子の暗殺絡みだ。

どんな展開になるにしろ、このチョコレートで少しでも相手の気持ちが緩んでくれるといい。ときにお菓子という物は剣よりも強い武器になるのだ。

Episode13

第十三話――暗殺者は出かける

The world's best assassin, to reincarnate in a different world aristocrat

自室で第二王子暗殺計画を煮詰めていく。せっかくローマルング公爵家のネヴァンと会うのだから有意義な話をしたい。

手元にあるのは、ローマルング公爵から手渡された第二王子のスケジュール。

「やはり第二王子を狙うのは建国祭だな。殺しやすい」

建国祭は年に一度の祭りだ。

魔族の出現により、今年は自粛する可能性があったが無事開催される。

そこでは王子も城外に出て、パレードに参加する。

王子を殺す際に厄介なのは病死に見せかける以外の選択肢がないこと。

相手は王子だ、暗殺されたとなれば国の威信にかけて首謀者を突き止めなければならない。

調べられたからと言って、特定されるような間抜けは晒《さら》さないが、犯人が見つからなければ国はスケープゴートを用意する。

……それは寝覚めが悪いし、どんな飛び火の仕方をするかわかったものじゃない。王子が暗殺されたというカードは様々な勢力が様々な形で悪用できる。

だが、病死であれば、犯人を作る必要はない。加えて、グランフェルト伯爵夫人とその取り巻きへの脅しには十分。

「毒だと思われれば一発アウトか。なかなか厄介だな」

俺は手元の針を見る。

暗器の一つであり、毒が塗られている。面白い症状が出る毒で、こちらの世界ではいくら調べても病気だと判断されるだろう。

問題はそれを打ち込むタイミング。

病死縛りがなければ、それこそ銃で狙撃すれば一発だ。銃という概念がなく、一キロ以上先からの狙撃なんて、向こうは考慮すらしておらず楽に殺せる。

しかし、病死に見せるため、この針を打ち込むのならかなり近づく必要がある。

(王城の結界は厄介だ)

相手が王族でないなら、寝室に忍び込んで寝込みを襲えば良かった。

しかし、王城ではそれは不可能だ。

王族が住む階には、王族と護衛以外が入った瞬間作動する結界がある。神具によるもので魂の波長を感知する。人ならざるものが作った神具を欺くのは俺にも不可能。

結界が作動したところで、王子を殺し、隠れ、やり過ごし、逃げる自信はある。しかし、結界が作動した、つまりは侵入者の存在が明らかになれば、病死らしき死に方をしても暗殺されたと断定されかねない。

城から出てもらえないと殺せない。

「……ローマルング公爵はミーナのパーティで殺してほしいようだが。いや、これは俺を試しているのか」

スケジュールの中には、蛇魔族ミーナの表の顔、グランフェルト伯爵夫人の主催するパーティへの参加も記されている。それも配置と字体の工夫で目を引くように細工をして。暗殺だと断定されたら終わり。その中で一つだけ例外がある。

第二王子を籠絡した本人に罪をかぶせること。

例えば、彼女が主催したパーティで第二王子が殺されようものなら、スケープゴートの役目をミーナに押し付けることも可能。

壊れた人形と黒幕の同時排除。これ以上ない効率的な方法だ。……相手がミーナでなければ。

普通なら、王子殺しの罪をグランフェルト伯爵夫人が被れば、彼女に籠絡されていた者は巻き添えをくわないように離れる。

しかし、第二王子は破棄せざるを得ないほど壊れていた。それを考えると、離れるどころか逆上して暴走する可能性すらある。

なにより、あの魔族が何をするかわからない。グランフェルト伯爵夫人の皮を被ることが面倒になれば国が滅びかねない。

これは俺を試しているのだろう。あえて注目させておいて、そこを狙うようではだめだと。

「面白いな」

狙い所の建国祭も厳重な守りを抜かなければならない上、それも疑われることすら許されない。

久々に暗殺者としての血が騒ぐ。

……一流の暗殺者ですら不可能な案件。だからこそ燃える。

◇

翌朝、伝書鳩《でんしょばと》によって手紙が送られてきた。

先日、俺が書いた面会希望に対するネヴァンからの返事だ。

「今日の午後に来るようにか」

ずいぶんとせっかちだ。

公爵令嬢は忙しい。かなり無理してスケジュールを作ったはずだ。

それほどこちらを重要視してくれているようだ。

「ううう、ルーグ、眩《まぶ》しいよ」

「そろそろ起きろ。もうすぐ朝食の時間だ」

窓から差し込む光でディアが目を覚まし、上半身を起こして目をこする。何も身につけていないので可愛い胸があらわになる。

「もうそんな時間。昨日、遅くまでルーグが放してくれなかったから、寝不足だよ」

「放してくれなかったのはディアのほうだろう」

「やっぱり、女心がまだわかってないね。こういうときは、女の子を立てるものだよ」

ディアが布団から抜け出しクローゼットから着替えを取り出す。

「このクローゼットさ、他の人に見せたら大変なことになりそうだよね。女装趣味を疑われるか、ハーレム野郎呼ばわりか」

「……まあな」

クローゼットの中には、ディアとタルトの服や下着が収納されている。

ディアは恋人で、タルトは捨てられたトラウマがあるせいで、寂しくなると俺の布団に潜り込んでくるからだ。

ディアが着替え終わるころ、ノックの音が聞こえた。

「ルーグ様、ディア様、ご飯ができました！」

タルトの元気な声が響く。

これを聞くと今日もまた新しい一日が始まったのだと思う。

◇

朝食後、馬車に乗って出発する。

「ねえ、今更だけど誰に会いに行くの？」

「ローマルング公爵家の令嬢、ネヴァンだ」

「うわ、もしかしてと思ったけど輝きの姫君なんだ」

「なんだ、知っていたのか」

「もちろんだよ。だって、スオイゲル王国までその名前は響いてたもん」

ネヴァンも有名人だ。

その圧倒的な美貌と、極めて稀有《けう》な光魔法の使い手であること、さらに大きな実績まである。

「よくそんな人が話を聞いてくれたね」

「……まだ、言ってなかったか。ローマルング公爵家はトウアハーデにとって上司だ。王族の依頼が国益になるのかの判断、俺たちの殺しをどう政治に活かすか、それを彼らがやってる。これはもちろん極秘だ」

裏と表はつながってはいけない。

つながりが知られていなければ、万が一トウアハーデの暗殺が露見してもトウアハーデを切るだけで済む。しかし、そのつながりを知られれば、露見した際にローマルング公爵家、さらにその上の王族にまで累が及ぶ。

だから、今まではローマルングとトウアハーデは表向き、一切の関わりを持たなかった。

「それさ、こうやって堂々昼間に馬車で領地に入って大丈夫なの？」

「大丈夫だ。今日は聖騎士として来ている。……王族からの依頼って形でね。依頼の内容も筋が通っている。これを半日で根回しするなんて、ちょっと信じられない」

ただの男爵家が公爵家に入るのは疑念を呼ぶが、聖騎士であるなら話は別だ。

「輝きの姫君と会うなんて緊張してきたよ。どんな人だろ。噂《うわさ》通り綺麗《きれい》な人かな」

「とっても綺麗な人でしたよ」

「なんで、タルトがって……そういえば、お城でのお茶会じゃ、お姫様とローマルング公爵の親子が出てきたんだったね」

ディアがちょっと拗《す》ねる。

あの場には先方の要望でディアは参加できなかった。

世界でもっとも美しいとアルヴァン王国が誇る庭園を見られなかったことを、未《いま》だに少し根に持っている。

そうして、いよいよローマルング公爵領についた。

大農地や大牧場、果樹園を通り過ぎ、ムルテウに勝るとも劣らない大都市を抜けていよいよ目的地に近づいてきた。

領地に入ってからが長い。理由は単純で、あまりにも広大な領地だからだ。

「……これ、本当に一つの領地なの」

「なんでもありますね」

「普通の貴族は、領地にそれぞれ武器を用意して磨き上げて色を付ける。農業が得意で食料を輸出するとか、商業都市で商売に専念するだとか、鉱山を掘ったりそれを加工する工業の街とかね。でも、ローマルング公爵領の場合は、そういう偏りがない。農地も、牧場も、工業も、商業も何もかもが超一流。だから、ローマルング領のことを、口が悪い貴族は皮肉を込めてこう呼ぶ。ローマルング帝国。アルヴァン王国、最強の貴族だ」

究極の人間を作るための品種改良と、教育を数百年続けた。そのために世界中から優秀な血や教師を貪欲に集め続けた。

その結果が、優秀な民と世界中から集められた叡智《えいち》、そしてありとあらゆる方面に伸びるネットワーク。

それらが相乗効果を生んでいる。また、優れた人間たちが競い合い、より成長する。

その結果がローマルング帝国とさえ言われるほどの繁栄。

……ローマルング帝国という呼び名は皮肉ではあるが、恐れから出た言葉でもある。

そして、いよいよ目的地にたどり着いた。

タルトとディアが馬車から身を乗り出し、目を見開いていた。そして俺も度肝を抜かれる。

「うわあああ、すごいです。とってもとっても立派なお城です」

「すごいけど、すごすぎるよ！　えっ、ルーグ、こんなのいいの!?　王都のお城より立派なの建てて怒られない？　スオイゲルでこんな真似《まね》したら、不遜だって言われて潰されるよ」

城だ。俺たちが今までみたどんな城よりも美しく荘厳で、なにより機能的だ。

美しい王城も、これに比べれば霞《かす》む。

「この城は、去年造られたんだ。最先端の技術で造りうる理論上最高の城という名目でね。王都にある歴史ある城とは規模も性能も比べ物にならない。……貴族が王より立派な城を造るのは褒められたものじゃない。だけど、ローマルング公爵だから許される。どの貴族よりも王に礼を尽くし、貢献しているからだ」

そっちは建て前で、ローマルングに喧嘩《けんか》を売れるほど、王族や他の貴族に力がないというほうが大きいが。

「あのさ、ルーグ。もしもの話だよ。ローマルングがその気になったら、国を乗っ取れたりする？」

「俺が生まれる前から、いつでもできたと思うよ」

それがこの国の真実だ。

アルヴァン王国がアルヴァン王国でいられるのはローマルングが王に忠誠を誓っているからに過ぎない。

これだけ強大な力があるから、他のすべての貴族に睨《にら》みを利かせられる。

これだけの力がありながら、ローマルングはその力を国のために使っていた。

「さて、行こうか。もうすぐ約束の時間だ」

城の周囲は巨大な湖で立派な橋を渡る。澄んだ湖には多くの魚が泳いでいた。食用、それも高級魚が多い。この水堀は城を守るためであり、同時に養殖場でもあるんだろう、効率を求めるローマルングらしい。

気を引き締める。

……国を支配する化け物と、その本拠地で会う。

油断をしようものなら、あっという間に食われてしまうだろう。

Episode14

第十四話――暗殺者は試される

The world's best assassin, to reincarnate in a different world aristocrat

アルヴァン王国で一番の、いや世界でもっとも完成した城へと足を踏み入れる。

いったい、これを造るのにどれほどの金を使ったのだろう？

いったい、どれだけの優秀な人材と労働力があれば可能なのか？

考えるだけで恐ろしくなる。

「近くで見ると益々《ますます》すごいな」

「うん、こんなの今まで見たことないし、これからも見ないよ」

この城には美学を感じる。

目指しているのは機能性の追求であり、美しさや気品というものは後回しにしているはずだ。

なのに、突き詰めきった機能性は美しさを感じさせ、機能性を優先しつつも、随所に拘《こだわ》りが見られる。

……どんな野心的な貴族もこんなものを見せられれば格の違いを思い知らされ心が折れ

てしまいそうだ。

ディアの顔が好奇心に輝く。

「ルーグ、気付いた？」

「ああ、魔力の気配がする。これほど複雑な魔道具を実用化しているなんてな」

門をくぐった瞬間、見られている気がした。

それは王城にもある感知型の結界。

あれよりは雑だ。俺がその気になれば、ごまかすことができる精度。

だけど、人の手でこれほど複雑な機能をもたせた魔道具を作ったというのが信じられない。

そんなことを考えているうちに、城内に着き、使用人に挨拶される。

長身で気品がある中年の男性。

彼を見て動揺する。見たことがない顔だが、知っている。

……いったい、彼はどういうつもりだ？

案内されるのは庭園か応接間かと思ったが、意外にも敷地内にある室内型の訓練場。

城に相応《ふさわ》しい規模で、とてつもなくでかい。

そこで二百人を超える剣士たちが剣を打ち合っていた。

使用人の男が口を開く。

「どうですか？　我がローマルングの精鋭たちは。見事なものでしょう？」

城でも度肝を抜かれたが、ここでもそうだ。

二百人全員が魔力持ちかつ、鍛え抜かれている。

希少なはずの魔力持ちが、ここにいるだけで二百人。

トウアハーデは本家と分家の魔力持ちすべてを併せて二十人。それは老人、女性、子供すら含めての話。

だが、ここに集まった屈強な男性だけで二百人で、あまりにも規模が違う。

いったい、どういう手品なのだろう。

考えるまでもないか。ローマルングのやり方ならそうなる。

優れた血を残すために、片っ端から優秀な人間を強引に集めて子をなす。

特に優れた者以外はローマルングを名乗れないとはいえ、ローマルングを名乗れないローマルングと優秀な血が混ざったサラブレッドは残る。

「いい剣を使ってますね」

「お目が高い。ローマルングではあれを鋼の剣と呼んでおります」

この世界で使われている武器は、製鉄の技術が未熟で純度の低い鉄を使った剣が一般的だ。しかし、ここで使われているのは、純度の高い鉄、ではなく鉄に炭素を加えてより強度を増した鋼。

世界の標準より、二歩進んでいる。それを剣にする際にも単純な鋳造じゃない。

世界中の才能を集めているからこそ可能なことだろう。

見えているだけで二百人の魔力持ちが、世界標準より二歩前に進んだ武器を使う。

最強でないはずがない。

「聖騎士様にはもうひとつ見ていただきたいものがあります。あちらの一団は非魔力持ちです」

「彼らがもっているのはボウガンか」

「ええ、よくご存知《ぞんじ》で」

射撃訓練を行っていた。

それはそれで背筋が凍りつく光景だ。

まず、標準のボウガンより一回り大きい。

そして、機構が複雑だった。

ボウガンが二つ重なって連射可能になっており、フットペダルが取り付けられている。

それだけじゃなく滑車を使って弦を引くようになっている。

俺の時代では、コンパウンドボウガンと言われている、自身の筋力以上の矢を放つことが可能なボウガンの進化形。

見ていると足でペダルを踏みつけ、背筋を含めた全力で引くようにして矢を引いている。

ああすると手で引くよりずっと力がはいる。

加えて、ここにいる全員が凄まじく鍛え上げられた筋肉を持っている。

そんな筋肉バカが顔を真っ赤にして、脚力を含めた全身の力をフルに使い、滑車の力まで借りて、ぎりぎり矢をつがえることができる。

「いったい、どれだけ無茶《むちゃ》な張力だ」

そもそも、そんな張力の弦をこの時代に作れる事自体がおかしい。

二百人が二列に並ぶ。

的は、五十メートル先にある鋼の鎧《よろい》。

一般的な魔力持ちは、魔力で身体を強化した場合、その硬度は鉄をも超える。

しかし、鋼には及ばない。

なるほど、あの的はそういうことか。

「面白いものが見られますよ」

使用人が笑う。

「撃て!!」

その言葉と同時に、一列目が一斉射。

百本ものボウガン特有の短矢が吐き出され鋼の鎧が穴だらけになった。

つまり、無敵だと思えた魔力持ちを非魔力持ちでも殺せるということの証明。

「面白いものを見せてもらった。魔力持ちを一般兵が殺せる時代の幕開けか」

心底、驚いた。

魔力持ちの圧倒的な強さはその防御力にある。

一般兵の矢も剣も投石も、魔力をまとっている限りは大したダメージにならない。

だからこそ戦場では無敵であり魔力持ち以外に魔力持ちは殺せない。ゆえに戦場の主役だった。殺されず、殺し続ける。

その前提が崩れた。

いくら攻撃力があり、速かろうと、死ぬときはあっさり死ぬ。そうなれば、無敵の駒から、ただの便利な駒に成り下がる。

今のように百人が一列になって斉射されれば躱《かわ》すのも難しい。

魔力持ちの時代が終わるのだ。

むろん、一般的な魔力持ちの話で超一級品の魔力を持つものなら耐えられる。

とはいえ、大半の魔力持ちはその価値と権威を失うだろう。

……いつかそんな時代がくるとは思っていた。それは火薬と銃の発明によるものだと考えていた。

まさか、こんな力業でたどり着けるとは。

俺は深く息を吸う。

そろそろ茶番に付き合うのは終わりだ。

口調を意図的に目上のものに向けるものに変える。

「いったい、どういう意図でこれを私に見せたのでしょうか、ローマルング公爵？　まさか、戦争をするからトウアハーデに協力しろとでもおっしゃるおつもりでしょうか？」

逆らっても無駄だとわからせるために圧倒的な力を見せるのは、仲間に引き入れるための定石ではある。

「ははは、バレていたのか。これは恥ずかしい。いつから見抜いていたのかね？」

使用人に変装していたローマルング公爵が笑う。

「最初から。私はプロです。アマチュアの変装ぐらい見破りますよ。この前はネヴァン様が私を騙《だま》そうとして、次はあなたですか」

「変装には自信があったのだがね。君からしたらアマチュアか」

顔に手をかけ、皮を剝《は》がす。それは精巧に作られたマスクだ。俺でなければ、それに気付かなかっただろう。

実際、タルトとディアが目を見開いていた。

「君の質問に答えようか。これを見せたのは、婿入りしてもらう君に、今のうちに貴族の時代は終わるということを示したくてね。貴族が特権を持ち、ふんぞり返っていられるのは圧倒的な強さがあるからだ。無能な領主ですら、お前たちを保護してやると民の上に立てる」

魔力を持っているだけの無能ですら、領地経営は安定している。

なにせ、貴族は強すぎる。農民たちは反乱を起こしても絶対に勝てない。夜逃げするのがせいぜい。

加えて、その強さに庇護《ひご》されていると感じている。魔物などが現れれば、魔力持ちにすがるしかない。だから、魔力持ちは神様のように見える。どんな不満も我慢しようという気になる。

「でしょうね。簡単に殺せるとなればそれがひっくり返る。魔力を持っているかいないかがすべてではなく、魔力を持っていることは一つの長所に過ぎないと考えられる時代がくるでしょう」

魔力持ちがあっさり殺され、魔物なども一般人で対処ができるようになれば、神様はただの人間になってしまう。

今まで我慢し続けてきた不満が爆発し、無能な貴族の治める領地では暴動が起きるだろう。

それは俺の世界でも同じだった。

貴族制度の崩壊は、騎士が圧倒的じゃなくなったことから始まった。

専門の教育を受け、馬に乗り、高価な装備を纏う騎士は最強だった。

しかし、武器の進歩で鎧が意味をなさなくなり、武術を修めたからと言って戦場で際立って役に立つことはなくなった。盗賊を蹴散らすことすらままならない。戦争がただの数、騎士が一つの駒になった瞬間、尊敬や憧れ、信仰は消えて、騎士はただの人に落ちた。

それと同じことが起きようとしている。

無能な領主は淘汰《とうた》され、魔力を持っていない一般人が成り代わるだろう。

「面白いとは思わないかね、魔力を持っていないだけでないがしろにされていた有能な人材が次々に野心と共に擡頭《たいとう》していく。……旧支配者である我々を押しのけてね。あるいは非魔力持ちだけの国を作り、我らを排除しようとするかもしれない」

「面白くはないですね。今のアルヴァン王国は安定しているのですから。少なくとも、歓迎はできません」

「君らしくない、そんな間抜けなことを言うなんてね」

この一般論を間抜けと言えるあたりがローマルング公爵らしい。

彼はずっと先を見ている。

「……あなたはこう考えているのでしょう。ローマルングで魔力持ちを殺せる武器を作れてしまった。だから、ローマルング以外でも作られているかもしれないし、そうでなくともいずれは確実に作られる。ならば、アルヴァン王国はどこよりも早くその変化に対応すべきだ。今のままでは魔力持ちを殺せる武器を大量に装備した他国の兵がある日突然攻めてきて滅ぼされる、と」

「正解だ。それだけではないがね」

「もうひとつも想像が付きます。それでも殺されない圧倒的な存在こそが君臨するのに相応しい。そう、あなたのような。ローマルング公爵なら、このボウガンでも死なないでしょう」

「そして君もね。うん、君の答えは完璧だ。私の家臣にも、私と同じ視点でものを考えられるものは一人も居なかった。やはり、君はいい」

背後から音速を超える短矢が飛来する。

それを振り向きすらせず、指で挟んで止める。

ローマルング公爵が拍手をする。

「私は思うのだよ。この変化は魔力持ちだというだけでふんぞり返っている貴族たちをふるいにかけているのだと。ここで生き残るものが本物だ。その本物にこそ、この国を導いていく価値がある。というわけで、君は合格だ。君がほしい。娘の婿に相応しいか試すために、失礼なことをしてしまったね。この詫《わ》びは用意してある」

「それについてですが、私はネヴァン様に婿入りするつもりはありません」

ただのトウアハーデなら、許されない発言だ。

しかし、聖騎士ならば許される。

「ああ、わかっているさ。だけど私は婿に相応《ふさわ》しいと思った。だから、そうするだけだ。なに、君が嫌がることはしないさ。安心してくれたまえ、私からは以上だ。ネヴァンが待っている。行きたまえ」

そして、彼ではなく本当の使用人が現れる。

彼は俺を試したと言ったが、ある意味これは彼なりの誠意かもしれない。

自らの手のうちを明かし、自らの考えを共有したうえで引き入れる。

……少しだけ、ローマルングの当主となり、この地を治めるのが面白そうだと思ってしまった。これだけの力があればなんでもできる。

しかし、俺はトウアハーデ。そしてディアやタルトたちが好きだ。

だから俺はローマルングになることはできない。あくまで、ルーグ・トウアハーデだ。

少し、寄り道したがネヴァンに会おう。

彼女は彼女で、いろいろと企《たくら》んでそうだ。

気が抜けないな。

Episode15

第十五話　暗殺者は新たな仲間を得る

The world's best assassin, to reincarnate in a different world aristocrat

今度こそ目的の人物に会う。

ローマルング公爵家の令嬢ネヴァン。

ローマルングを名乗ることが許されているというのは、ただ単に直系に生まれたということだけではない。

真の人間を目指して品種改良と英才教育を続けているローマルングにおいて、当代の最高傑作ということを意味するのだ。

そんな彼女の下《もと》へ、使用人に案内されながら屋敷を歩く。

「ねえ、ルーグ。光魔法ってどんな魔法なのかな？　実物を見たことないし、ろくに資料もなくて知らないんだよね」

「あっ、私も気になります。響きはかっこいいですけど、実際はどんなのかなって」

「響きがいいだけじゃなく、とんでもなく強力な属性だ。攻撃に使う際は最速・長射程の高性能魔法だ。光魔法だけあって、速度は光速」

「それ、絶対躱せないですよね」

タルトが自分が光魔法と相対したときのことをイメージして冷や汗をかいている。

「ああ、放たれたときに照準があっていればそれで終わりだ。これほど厄介な攻撃はないよ」

光魔法については、ほとんど文献が残っておらず、こちらの世界ではろくに情報はない。

だが、俺は女神の部屋でその存在を学んでいる。

「攻撃に使う際ってことは、他にもいろいろ使えるんだよね」

「光を使った探索魔法は極めて広範囲かつ伝達速度が速い。回復魔法も使えるな。トウアハーデの医療魔法は外科手術の補助と自己治癒力の強化を助けるぐらいがせいぜいだけど、光魔法の場合は次元が違うんだ。概念的な治癒と言うべき存在。攻撃、探査、回復となんでもできる上、どの分野においてもトップクラスの性能」

「……それを聞くとますます欲しくなっちゃうね」

ディアが好奇心を抑えきれずに、胸を高鳴らせている。

実際、どれか属性を一つ選べるとするなら光だろう。

俺は二つの理由から選ばなかったが。

一つ、光と闇は単一でしか取得できない。二重属性や全属性の対象外なのだ。いくら光が優秀であろうと基本四属性である土・火・風・水をすべて使えるほうがいい。

二つ、攻撃力の欠如。光は速い。しかし、魔力消費あたりの攻撃力は圧倒的なエネルギー量を持つ炎や質量を持つ土と比べると著しく劣る。勇者という格上を殺すためには火力が必要であり優先順位を下げた。

「どうぞ、皆様。こちらへ」

使用人が扉をあけると共に、ピアノの音が鳴り響く。

その旋律は美しく、洗練されていた。

洗練されているのはピアノの音色だけじゃない、この部屋にあるものすべてが洗練の極みだ。

この世界でもっとも優れたものを集めつつも、全体で調和を取り、成金臭さを感じさせない。

本物の貴族特有のセンスだ。

「いらっしゃいませ。ルーグ・トウアハーデと、そのお仲間たち。あなた方がくるのを楽しみにしておりましたの」

紫の髪を揺らしながら、彼女が振り向く。

「こちらこそ、あなたと再会するのを楽しみにしておりました」

「まあ、お上手ですね。可愛い使用人さんは先日もいらっしゃいましたわね。そちらの方は？」

「ディア、挨拶を」

「お初にお目にかかります。私はクローディア・トウアハーデ。聖騎士の従者をしております」

アルヴァン王国式の礼をする。

ディアの所作はこれ以上ないほど様になっている。

「まあまあ、クローディアさん。とっても、可愛《かわい》らしいですわ。……それに同類の匂いがしますわね」

「さて、どうでしょう？」

同類か。さすがに鋭い。一目でディアが高貴な生まれだと見破った。

「お座りになってください」

「では、お言葉に甘えて」

俺たちは席に着く。

「皆様が来ると聞いて、とっておきのお茶菓子を用意しておりました。でも、それよりもずっとずっと良いものをいただきましたので、今日はそちらにしますわ。私、先月あれを食べてからず――っとチョコレートのことで頭がいっぱいで。また手に入るなんて思っていませんでしたわ」

どうやら、城に入るタイミングで使用人に渡したチョコレートのことが耳に入っているようだ。

「喜んでいただけたなら何よりです」

「どうやって手に入れたのでしょう?。あれ、私が手に入れようとしても手に入らなかったのに」

これを翻訳すると、四大公爵ですら手に入らないものを、男爵程度がどうして持っているの？　となる。

「ははは、ご存知《ぞんじ》でしょう?　私とオルナの代表代理は恋仲ですから。多少の融通は利きます」

「あっ、そういう公私混同はずるいわ。でも、おかげでチョコレートにありつけるのですから見逃してあげましょう。ささっ、支度ができましたわ」

美しく皿に盛り付けられたチョコレートと茶が運ばれてくる。

「やっぱり、オルナのお菓子にはオルナのお茶ですね。ああ、たまりませんわね。この高貴な甘苦さ。この味はチョコレートでないと楽しめませんもの。まさに貴族のお菓子ですわね。毎日でも食べたいですわ」

無邪気にネヴァンはチョコレートを頬張《ほおば》る。

こうして見る限りはただの箱入り娘にしか見えない。

だけど、その中身は違うと知っている。

こういう無邪気な仕草も、隙のない振る舞いより男性に喜ばれるからと身に付けたものだろう。

完璧な演技であるがゆえに、俺にはわかる。

さきほど彼女はディアのことを同類と言ったが、別の意味で俺とも同類だ。

世間話をしながら、俺達はチョコレートを楽しむ。

「頼んでいた光魔法の件はどうでしょうか？」

「もちろん、いいですわ。聖騎士様が魔王と魔族を打倒するために必要とおっしゃるのですから。アルヴァン王国の貴族として、協力するに決まっておりますわ」

彼女は微笑みながら、一枚の羊皮紙を取り出した。

そこには、魔術文字が刻まれている。ディアのスキルがあれば光属性の術式が一つでもあれば、属性を変えられる。

「では、ありがたく」

手を伸ばすと、すっと紙をひかれる。

わざと下半分を読めないように折ってあった。俺の瞬間記憶能力対策か。これから交渉するつもりなのに、中身を覚えられたら意味がない。

「協力はしますが、ただというわけにはいきませんの」

「チョコレートだけでは代価は足りませんか？」

「かなり心が揺らぎますが、もう一声というところですね。私の望みを当ててみてくださらない？」

相手の真意を悟る。

ネヴァンが明確にほしいと口にしたことがあるのは俺自身。

「あなたが欲しているのは俺ですか？」

「正解ですわ」

「さすがに俺の人生をローマルングに捧《ささ》げるには光魔法じゃ安すぎる。あなたもそう思うでしょう？　光魔法で買われるぐらいの男が、ローマルング公爵家に相応しいはずがない」

「口がお上手なのですね。そんなことを言われると次点で考えていた提案もできませんわ。婿入りを断られたら、種付けだけでもお願いしようと思っておりましたの」

横でタルトとディアがむせた。

彼女たちには刺激が強かったようだ。

ネヴァンの使っている交渉術は極めて基本的なものだ。

まずは無茶《むちゃ》振りをして、妥協案を出す。

この手法は単純だが正しい。一度断っている負い目から、妥協案のほうをそれならと受け入れてしまう。

ただ、彼女の場合はこうは言っているが、その妥協案すら断られる前提で話を運んでいる。

「なら、こうしましょう」

ぽんっと手をたたく。

「私はもっとあなたについて知りたいの。だから……次の魔族との戦い、私も同道させてくださいな」

今日一番の笑顔が出た。

「それは難しいです。命の保証ができません。つい、先日、俺はノイシュと彼の作った騎士団に同行を頼まれて、お前たちは足手まといだからついてくるなと言いました。あなたを特別扱いするわけにはいきませんし、あなたのためでもあります」

「それなら安心してくださいませ。実は、ノイシュさんと可愛いメイドさんの戦いは見ていたの。そのうえで言いますわ。私は可愛いメイドさんより強いです。こう見えて私はローマルングですの」

ローマルングである。これ以上説得力のある言葉はなかなかない。

それにまごうことなく事実だ。俺はとっくに気付いている。眼《め》の前に居るのは化け物であることを。

彼女は、今のままでもタルトより強い。

ただ、一つ気になることがある。

「見ていたというのは冗談ですよね。俺があのパーティに侵入したものに気付かないはずがない」

「本当にあそこにいましたわ。どうして気付かなかったか教えてあげましょうか。私は最初から中にいたんです。ノイシュさんが集めた騎士団の一人と入れ替わっておりましたの。影武者なんてやっているせいか、変装は得意なんですよね」

やられた。

それはさすがに気付けない。あの時点では俺はネヴァンを見たことがなかった。

加えて、俺とノイシュの配下たちは初対面だった。

あの場に居たということは、言質を取られてしまっている。

俺はノイシュの茶会で、タルトより強いなら共に戦う資格があると言ってしまっているのだ。

「……一応聞いておきますがなんのために、あそこにいたのでしょう。変装してまで」

「あなたに興味がありましたから……というのはついでで、実は馬鹿な幼《おさな》馴《なじ》染みが馬鹿王子と同じ結末を歩みそうだったので、ちょっと監視に。あなたが釘《くぎ》をさしてくれたので助かりましたわ。あれはあれで優秀なので使い道は多いのですよ」

「ノイシュは果報者だ。ネヴァン様のような美人に想われているなんて」

「別に異性としては見ておりませんの。ローマルングとして迎えるには不合格、私はアレの子を生むつもりはないですわ。ただ、できの悪い弟ぐらいには好き。昔から、ことあるごとにまとわり付いて子犬みたいで可愛《かわい》くて」

……ローマルングの令嬢にかかれば、学園主席すらできの悪い弟か、恐ろしいな。

ノイシュは周りが異常なだけで間違いなく天才なのに。

「やはり、その条件は厳しい。ローマルング家の令嬢に何かあったとき責任がとれませんからね」

「そこが問題だと言うなら、何も差し支えありませんわ。この国を守るために矢面に立つことこそ貴族の責務ですもの。なんなら、何かあったとしてもあなたの責任ではないと一筆したためましょうか？」

「逆に聞きますが、どうしてそこまでこだわるのでしょう？」

「質問に質問で返すのはスマートじゃないですわね。ですが、特別に答えてあげますわ。これもまた二つの理由があります。あなたのことが気になって、気になって仕方がないのですわ。どうやって魔族を殺したのか、どうやって学園襲撃の際、あれだけの魔物の群れを一掃したのか。あなたにはずいぶんと隠し事が多い」

「それは、国に提出した報告書を見てください」

普通は見られない極秘資料。

だが、ネヴァンが見られないはずがない……いや、すでに見ていないはずがない。

「あんなの嘘《うそ》ばっかり。だから、この目で見たいのですわ」

断りたいところだ。

なにせ、銃という概念を、ローマルング公爵家が得たらどうなるか。

クロスボウですら、ああいうものを作ったんだ。本当に国の基盤がひっくり返りかねない。

ただ、断れば勝手に見張りを派遣するだろう。まだ、手元に置いたほうがマシだとも思える。

「もう一つの理由は？」

「やっぱり、ルーグさんの血はローマルングに必要ですの。ただの下級貴族なら、権力で『えいや』するのですが、聖騎士となると難しくて。だから、正攻法で惚《ほ》れさせることに決めました。なら、一緒にいる時間と『いちゃらぶ』が必要かと。安心してください、すぐに籠絡しますわ。まあ、無理なら無理でレイプして子種だけでもいただきますのでお気になさらず。天井のシミを数えていれば終わりますもの」

なんて自信だ。

というか、後半なんと言った。ローマルングはそこまで異常なのか、彼女が特別なのか。

横からタルトとディアの視線が突き刺さる。

「……条件があります。同行した際に、目にしたものは他言無用。また、俺の技術を流用しないこと。守れるのであれば呑みましょう」

「ええ、喜んで。一緒に魔族と戦うのが楽しみですわね。では、こちらが光魔法を記した書類です」

押し切られてしまった。

だが、目標は達成した。

これでディアは光魔法を身につけられる。

気を取り直して、もう一つの用件も片付けよう。

「それと第二王子の暗殺計画についてですが資料を用意しました。ローマルングの力を借りる必要がある計画です。ちょうど、こうして席を設けたのです。こちらも詰めましょう」

「ええ、許可します。あとで目を通しておきますね」

「……目を通さずに許可していいのでしょうか？」

「殺しに関して、あなたが誤ることはないでしょう。本業すらできない男なら、私があなたの子を欲しがるはずがないですわ」

ずいぶんと信用されているようだ。

いや、信用しているのは俺ではなく自分の感性なのだろう。

「では、私が聖騎士様の従者になれるよう取り計らっておきます。ルーグさんからも申請しておいてくださいな」

思わぬところで新たな仲間ができた。

足を引っ張るどころか、彼女は大きな助けになるだろう。

使い所を間違えなければ強力な武器になるが、一歩間違えれば地獄行き。

取り扱いには注意が必要だ。

……そして、まったく別方面でも注意が必要だ。あとで、ディアとタルトとゆっくりと話そうか。

Episode16

第十六話　暗殺者は王子殺しをする

The world's best assassin, to reincarnate in a different world aristocrat

王都にやって来た。

目的は建国祭であり、第二王子の暗殺だ。

計画を練りながら第二王子の情報を収集していたが、ファリナ姫やローマルング公爵が、彼のことを手遅れだと言っていた意味がわかった。

彼はもはや、国益などどうでもよく、蛇魔族ミーナの傀儡《かいらい》になっていた。

なまじ、ファリナ姫たちの操り人形で動いていたときの功績があるだけに質が悪い。第二王子という立場と輝かしい実績があるせいで歯止めが利かないのだ。

「可愛い従者さん達は連れてこなかったのですね」

「できれば、あなたも連れて来たくはなかった」

俺は変装をして、建国祭に参加している。

若手商人の一人、フランク・ハルツマンとして。

フランク・ハルツマンの戸籍は父が用意したものではなく、俺が独自に手に入れたもの。

行商中に魔物に喰《く》われた商人で天涯孤独の身。名前を借りるにはうってつけの人物だ。

建国祭には、多数の出店が用意される。

そこにフランク・ハルツマンの名で店を開いていた。

そして、なぜかネヴァンが店を手伝ってくれている。もちろん変装をして。

販売しているのはクレープだ。生地にジャガイモから作った片栗粉《かたくりこ》を混ぜている特別製。

そうするとデンプン量が多くなって、もちもちとした食感になる。

さらに食感だけでなく、薄く焼いても破れないというメリットも生まれるし、生地が透明に近づく。

透き通るほど薄く焼き上げた生地は美しく、口の中に張り付き官能的。

具材は上質な生クリームと旬の極上フルーツ。

狙いは大当たりで、開店してからちょっとすると行列ができ、それが一度も途切れない。

パトロンになるから王都で店を開かないか？　という誘いまであったぐらいだ。

「舌の肥えた民ばかりの王都で行列ができるなんて、誇っていいですわ。あなた、料理人としても超一流ですのね。でも、ちょっとやりすぎじゃない？」

「ここは王都だ。王都に許可されるほどの屋台で、一流のもの以外を出すほうが目立つ」

暗殺をする場合、通常なら客は少なければ少ないほどいい。客が多いと身動きが取れなくなる。……ただ、それは一般論。今回の殺しでは客というブラインドが多くいたほうがやりやすい。

「それもそうですわね。でも、本業に悪影響はありませんの？」

「この状況でもやれる。むしろ、こうしてにぎわっていることがいい隠《かく》れ蓑《みの》になる」

行列ができるほどの店で客を捌《さば》きながら殺せるなんて誰も思っていないだろう。

ちなみに、今までの会話はすべて音を発していない。

ほんの僅かに口元を変化させて、お互いが読唇術を使っている。

しかも、唇には注視せず視点は別に定め、目の端で捉えている。お互いの唇をガン見していれば、周囲に不審に思われるからだ。

……特殊技能にもかかわらず、一度教えただけで、さらっとこなせる辺りがネヴァンは化け物だ。

タルトやディアを連れてこなかったのは、変装技術の不足が大きな原因。

姿だけなら、俺が力を貸せばどうにでもなる。

だが、あの二人の場合は振る舞いが二人のままになってしまう。別人を完璧に演じるということは、自らの内側に別人を構築し、その呼吸、くせ、話し方、仕草、思考法、人との間合いなどを無意識にトレースすること。

それができなければ、ただのコスプレだ。

一朝一夕にできることじゃない。しかし、ネヴァンにはそれができる。

ファリナ姫の影武者は伊達《だて》じゃない。

「ふふ、あなたの殺しを見るのが楽しみですわね」

「計画書は渡しているだろう」

「ええ。だけども、ここから狙い病死をさせるとしか書いておりませんでしたわ。用心深いのですね」

「安心して見ていてくれ。見ても理解できるかはわからないが」

この場所を確保できた時点で、作戦の九割は成功だ。

事前に王族がパレードで使うコース、時間、護衛の数、配置、使う馬車などなど、ありとあらゆる情報を調べつくしている。

(ここがもっとも狙いやすい場所だ)

進行ルートの中に王子を乗せた馬車と観客がかなり近づくポイントがある。道幅がせまくなっている上、曲がる箇所でやむを得ず近づいてしまうのだ。

それがこの屋台がある場所だ。

王子の馬車との距離が三メートルまで近づく。

その三メートルというのが、今回の条件で暗殺可能な距離。

この位置に屋台を開くため、ローマルングの力を借りたのだ。

クレープが順調に売れ続ける。

そして、わずかに客の数が減ってきた。

パレードが始まったからだ。

道幅がせまくなるため行列の整理をする兵士たちが先行してきて、行列の向きを変え、車列が通れるスペースを確保しだした。

その後、王族たちを乗せた馬車が次々に目の前を通り過ぎていく。

特に人気があるのは第一王子だ。第一王子は武神とまで称《たた》えられている。本人自身が凄まじく強い上、その統率能力・軍略も素晴らしい。ただ、政治能力は低い。

そして、次に人気があるのがファリナ姫。暗殺の依頼主。彼女の魅力は圧倒的な美しさと、慈愛に満ちた微笑み。

彼女は王都で月に一度、アルヴァン王国最大のホールでチャリティコンサートを開催し歌を披露するが、毎回超満員。チケットは数分で売り切れてしまう。

そこを訪れた者によると、天使の歌声らしい。

彼女の人気は偶像《アイドル》としてのものだ。

しかし、それは擬態であり策士としての顔を持つ。

ここまで、第二王子を除くすべての王子・王女が通って行ったが、第一王子とファリナ姫を除くとあまり人気がない。

ただ、王族に生まれただけと民からは思われている。

そして……。

「いよいよか」

締めは第二王子。

トップバッターが第一王子であったことを考えると、実力者を最初と最後に持ってきたのだろう。

第二王子は、第一王子とは対照的に政治や外交で実績を積み上げ評価されている。

甘いマスクもあいまって、第一王子やファリナ姫に負けないぐらいに人気がある。

人のざわめきの大きさで近づいているのがわかる。

俺は集中力を高めていく。

来た。第二王子はにこやかに笑っている。

肖像画の通り、端整な青年で黄色い声が響く。

だが……その瞳には生気がなかった。

気が乱れているし、空気が淀《よど》んでいる。彼は正気じゃない。

そんな、第二王子をトウアハーデの瞳でみる。

彼の魔力の色を、波長を分析する。

魔力持ちというのは平時ですら無意識に魔力を纏《まと》っており、一般人が剣で斬りかかったぐらいでは致命傷にはならない。

殺すには火力がいる。

だが、そんな火力がある攻撃をしようものならどうしようもなく目立つ。

火力がなければ殺せない、火力があれば暗殺を悟られる。

(ここだ)

詠唱を始める。

唇をほとんど動かさず、目の前でクレープができるのを待っている客にすら聞こえない音量で。ディアと共に開発した新たな魔法。

無属性の魔法であり、その用途は魔力の対消滅。

相手の波長に合わせた魔力を撃ち込むことで、対象が纏っている魔力の鎧《よろい》に穴をあける。

肉体的なダメージはないから、撃ち込まれたことに気付きすらしない。

……ただ、非常に難しい術式だ。

まずトウアハーデの眼《め》でもない限り波長を読めないし、必要以上の魔力を注ぐと、対消滅ではなく突き抜けて相手は痛みを感じてしまう。

通り過ぎる直前、詠唱が完成。

第二王子の首元に不可視の魔力弾が飛び、身に纏《まと》う魔力の流れに穴をあけた。

そして、屋台の設備に偽装した暗器を使い、特別製の針を射出する。

この暗器は大型であり、不審に思われずにこんなものを持ち込む手段が屋台ぐらいしかなかったのだ。
第二王子が首筋を押さえて、首を傾《かし》げ護衛と何かを話している。
ここからでは聞こえないので、読唇術を使う。
『王子、どうかされたのでしょうか？』
『ちょっとちくっとしてね。なんでもない、進んでくれ』
第二王子が首筋から手を離す。
そこには傷跡一つない。
成功だな。
何事もなかったかのように、第二王子が通り過ぎていく。
「さあ、お客様。注文のクレープです」
にこやかな笑顔でクレープを渡す。
俺はただクレープを焼いているだけに見える。
誰一人として、今この瞬間に第二王子を殺したなんて気付いていないだろう。

◇

パレードが終わると同時に、建国祭終了のアナウンスが流れる。

屋台は店じまいしていき、逆に飲み屋は熱心に客の呼び込みを始めた。

俺たちもさっさと片づけを終えてしまう。

「ふう、疲れましたね。クレープたくさん売れて良かったですわ」

ネヴァンが伸びをする。

「そうだな。宿に戻ろう」

普通の商人であれば、こんな遅くに街を出るのは不自然なため、宿をとっている。

当然、ネヴァンが変装している店員の分もだ。

この街を出る瞬間までは、フランクとしてつつがなく過ごす。

「遠く離れた地で、二人きりで宿。絶好の浮気チャンスですわ。私、口は固いですの」

「する気はない。俺の部屋には入ってくるな」

念のために釘《くぎ》をさしておく。

「私は思うのですわ。若手でいけいけな商人が大儲《おおもう》けしたら、ちょっと贅沢《ぜいたく》な店で打ち上げするのが自然だと」

「……そうだな。一理ある。いくぞ」

「はい、是非。下々の店というのを見せてくださいな」

王都の店は軒並み高い。

それを下々の店扱いするとは、金持ちはこれだから怖い。

◇

学園に居たころは、王都がほぼ唯一の遊び場だったこともあり、王都内の店に詳しい。

そんな中で、個室かつ料理がうまい店を選んだ。

個室にしたのは、おそらくネヴァンが話をしたがっているからだ。

料理が一通りそろったタイミングで、風の魔法を使う。

音を外に漏らさないための魔法だ。

それを見て、ネヴァンが微笑《ほほえ》む。

周囲の状況から、この魔法の特性を見抜いたらしい。

「さてと、お疲れさまですわ。いくつか教えてくださいな。第二王子、死んでいませんでしたが大丈夫ですの？」

「そのことですが、もうしばらくすると第二王子は死にます。城内の自室でね。それが一番後腐れなくていい」

王子のスケジュールは把握できている。

自室に戻るころに死ぬよう調整した。

「あら、敬語に戻ってしまいましたね。残念ですわ」

「この場ではフランクとして振舞ってはおりませんから」

風で音を遮断し、話す内容も内容だ。

今ここにいるのは、フランクではなくルーグ。

「いったいどんな殺し方をされたの？」

「針を使いました。数ミリの針です。調理器具に見せかけて、その針を射出する装置を屋台に設置しておりました。小さな針を飛ばすのは難しく、装置の大型化は避けられなかった。今回屋台を開いたのは、大型の装置を隠し持ち最大射程である三メートル以内に近づくには、それしかなかったからです」

屋台はいい隠《かく》れ蓑《みの》になった。

「そんな針で殺せるんですの？」

「ええ、普通の針では無理ですが。針自体が毒を固めたもの。針を首筋の血管に撃ち込むと血流に乗って心臓まで運ばれていきます。そして、心臓で溶ける」

「溶けたらどうなるんですの？」

「筋肉を弛緩《しかん》させせます。心臓の筋肉が緩むと血流が止まる。いわゆる心臓発作となり、病死に見せかけることが可能です」

「毒だって特定されません？」

「針は溶けてなくなりますし、体の内側から筋肉を弛緩させるだけですから。普通の毒殺と違い、痕跡が残らないんです」

　少なくとも、この世界では。

「面白い毒があったものですね。勉強になりました」

「第二王子はパレードが終わって数時間後、古代道具《アーティファクト》に守られ、何者も侵入できない自室で心臓麻痺《まひ》で死ぬ。病死で片付くでしょう」

「ふふふ、完璧ですわね。これで当面の問題は解決ですわね。……あとは私たちの仕事、この病死をうまく使ってみせますわ」

　ネヴァンが妖艶な笑みを浮かべて酒を飲む。

　それだけなのに、凄《すさ》まじい色気だ。

「料理も酒も楽しんだ。そろそろ戻りましょう」

「ええ、そうしましょう」

　ネヴァンが手を差し出してきた。

　エスコートをしろということだ。

　それぐらいはいいだろう。

　彼女の根回し、それに店だって彼女がいたからちゃんと回せた。そのことに感謝をしなければ。

　ただ、注意をしないとな。

今この瞬間も胸を押し付けて誘っている。
それに、この香水はただの香水じゃない。男をその気にさせるためのもの。
今思えば、すべての仕草がそのためにある。
彼女は本気で俺を落とそうとしている。
「ふふふ、夜は長いですわよ」
……帰ってからが本当の戦いになりそうだ。
だが、負けるわけにはいかない。
ディアに念を押されたし、明日はデートがある。
さすがに他の女の匂いをつけてデートに向かうわけにはいかない。
特に明日は、俺のために尽くしてくれるあの子に会うのだから。

Episode17

第十七話　暗殺者は妹とデートする

The world's best assassin, to reincarnate in a different world aristocrat

宿の食堂で朝食をとりつつ、窓の外を眺める。

翌朝、第二王子の『病死』が発表されたことで王都中が大騒ぎになっていた。

印刷技術の発展により広まり始めた新聞、その号外が飛ぶように売れており、それが俺の手元にもあった。

新聞を読みつつ、フルーツジュースで喉を潤す。

「お食事中に新聞を読むなんてお行儀が悪いですわ。それに、一緒に食事をしている女性に失礼とは思いませんの？」

目の前に居るのは当然、昨晩からともに行動しているネヴァン。

まだ、王都にいるということもあり変装したままだ。

「これも仕事だ。第二王子の病死が、どう公表されるかは確認しておかないといけない」

今はフランクとして接しているのでタメ口だ。

「男の人はいつもそうやって仕事に逃げますのね。でも、できる男の人って素敵ですわ」

「お世辞は結構、そろそろ出ようか。早めに次の街へ行きたい」

「お世辞じゃありませんのに。ふう……屈辱ですわ。この私が一晩中誘惑したのに手を出してこないなんて」

「俺のことが嫌いになったか？」

「いいえ、俄然《がぜん》燃えて来ましたわ」

「それは残念だ」

これ以上、ここに滞在する理由はない。

さっさとこの街を出るとしよう。

◇

王都から出て馬車で隣町にやってきた。

隣町では指定の宿に向かい、馬車と荷物を預けた。

これらの処分・証拠隠滅は、ローマルング公爵が行う。

この宿は、ローマルング公爵家の拠点の一つであり、裏の仕事を請け負ってくれる。

身支度を整えて、別室へ向かう。

そこでは、俺と同じように変装を解いて、輝かんばかりの美貌を取り戻したネヴァンとローマルング公爵がいた。

「ご苦労だった、ルーグ・トウアハーデくん。君ならできると思っていたが、こうも鮮やかとはね。素晴らしい。見事な『病死』だ。暗殺だと疑問を持つものすらいない……一部の、やましいことがある連中を除いての話だがね」

ローマルング公爵も昨日は王都にいた。

建国祭ともなると、四大公爵はすべて王都に集結する。

当然、彼は第二王子の死亡が上層部でどんな扱いをされたのかを知っている。

「あなたがそう言うということは、表向きの発表だけでなく、上層部でも病死とされたようですね」

よくあるのだ。暗殺だとわかっていても、民を混乱させないために病死扱いで発表するということは。

「そのとおりだ。外傷はなく、毒の痕跡もない、王城に侵入者はおらず、自室での心臓発作。疑う余地はない。そういう殺しができるのは、表の医者でのノウハウがあるからかい？」

「否定はしません。人の壊し方をもっとも知っているのが医者であり、他殺か病死かの判断をするのも医者ですから」

「頼りになるね。そして、同時に恐ろしくもある。君がその気になれば、私も『病死』させられるのだろう？」

「ええ、条件付きで可能です。ですが、それをすることはないでしょう。トウアハーデの刃はアルヴァン王国のためにある。そして、ローマルングはアルヴァン王国に必要です」

いろいろときな臭いし、好き勝手やっているのだが、彼らが国益を第一に動いているのは間違いない。

「模範的な回答だ。それに本心からの言葉でもある。やっぱり君はいい。ますます気に入ったよ。報酬はいつものルートで渡そう。期待しておいてくれたまえ。特別に色をつけておいたよ」

「では、私はこれで」

「いや、待ってくれたまえ。聞きたいことがある。大事な、大事なことだ」

穏やかな口調ではあるが、有無を言わせない迫力があった。

強制的に、立ち上がろうと力を込めた足が動かなくなる。

「私はいつになったら孫の顔を見られるのだろう？」

そして、飛び出してきたのは頭が悪い台詞《せりふ》だった。

「私には答えかねます」

「……そうなのか。残念だ」

「お父様、申し訳ございません。いろいろと頑張ってみたのですけど、やはり、変装をしていると魅力が半減してしまうみたいで、手を出してくださらなかったのですわ」

「そういうわけか。ネヴァンに誘惑をされて手を出さないなんて聞いて、同性愛者ではないかと疑ってしまったよ。うむ、本番は学園が再開してからというところか」

「はい、なんとか在学中にルーグ様の子供を授かってみせますわ」

娘のほうは、もっと頭の悪い台詞を吐く。

学園か。

そう言えば、新聞に復旧は順調で、来月には再開される見込みだと書いてあった。

「では、今度こそ行きます」

「デートがんばってくださいましね」

「それを言ったつもりはないが」

「言わなくても通じ合っているのですわ」

よく言う、ただ単に調査した結果だろうに。

「それから、馬鹿な幼馴染《おさななじ》みが迷惑をかけると思いますの。それでも、友達で居てあげてくださいな」

馬鹿な幼馴染み？

少し思い出すのに時間がかかった。

そう言えば、ネヴァンはノイシュのことをそう呼んでいた。

……ネヴァンはノイシュを心配して、わざわざ変装してまで彼のパーティに忍び込んでいた。

おそらく、今も彼を監視している。

その中で何か摑《つか》んだのだろう。

「ああ、俺は彼を見捨てないよ」

一体ノイシュは何をやらかしているのか？　デートの前に、気になることが一つ増えてしまった。

◇

宿を出てから、約束の店を目指す。

今日、俺が待ち合わせに選んだ店は信頼できる商人に薦めてもらった店で期待値が高い。

小洒落《こじゃれ》た店だった。高級店には違いないが、金持ち御用達《ごようたし》というよりは、一般庶民がたまに背伸びをして使うような店。

そのせいか、雰囲気が温かく、気を張り詰めないでいい。

待ち人の名前を告げると奥に案内された。

「時間ピッタリね、ルーグ兄さん」

「久しぶりだな、マーハ」

王都の建国祭には、オルナも参加していた。だから、彼女がここにいる。

ウエイトレスに茶と、話しながら摘まめるようにクッキーを注文する。

「会うたびに綺麗《きれい》になるな」

艶やかな、黒に近い青髪に胸は大きくないが抜群のスタイル。

薄い化粧に、スタイリッシュな服装。

マーハはタルトやディアとは違い、可愛《かわい》いではなく美しいという言葉が似合う女性だ。

「ええ、おかげで悪い虫がいっぱいついて大変よ。虫よけがほしいわね」

「ボディガードでも雇おうか？」

「もっとコストパフォーマンスがいいものがあるわ。左手の薬指にはめる指輪をプレゼントしてもらえると嬉《うれ》しいのだけど？」

「考えておく」

マーハはこういう冗談が好きだ。

だけど、完全な冗談じゃなく本心が混じっている。

薬指かはともかく、指輪を贈ると喜ぶのは間違いない。

とっておきのを手配しよう。

「よく、時間を作れたな」

「作ったのよ。ちょっとだけ、無理をしてね。もうくたくたよ。ここ数日、ほとんど寝てないの。王都に来るなりいろんな人が押し寄せて、提携しようだの、技術協力だの、支店を作れだの、バロール商会から独立するなら援助するだの、どこもオルナの商品を盗みたくてしかたないみたいね」

「乳液を作れているのは未《いま》だにオルナだけだからな」

「ついでにチョコレートもよ。あれのせいで注目度が増しているの。この前なんて、第三王子の名前つきで、他国の大貴族が王室宛てに強い要望を出してきたから、乳液とチョコレートを含む詰め合わせを送れなんて手紙が送られてきたわ」

「ついにうちも王室御用達か」

「光栄すぎて涙が出るわ」

俺とマーハは笑う。俺の作った化粧ブランド、オルナ。

その武器は他のどこにも作れない魅力的な商品にある。

主に俺の知識の中から、金になり、再現しにくいものを主力にしている。

「それでどうしたんだ？」

「おもいっきり吹っかけたわ」

マーハが対価に求めた内容を聞く。

「えぐいな。よく、そんな条件を呑ませられたものだ」

「簡単よ。オルナの商品を要求してきた他国の大貴族を突き止めて、その相手がアルヴァン王国に差し出すものを調べたの。後は簡単、王室がぎりぎり割に合うと考えるレベルの吹っかけをしたの。王室だって、うちの顧客に有力者が多いのは知っているわ。無理に圧力はかけたくない。だから、割に合う範囲なら折れてくれるって読んだの」

「さすがだな。よくわかっている」

実に商人らしい攻め方だ。

交渉においては情報がものを言う。相手がどれだけ妥協できるかを知っていればまず勝てる。それから、マーハから色々と話を聞く。

マーハは楽しそうに語ってくれた。

言葉の端々から、褒めてほしいという感情が伝わってくる。

だから、相槌《あいづち》を打ちながら、積極的に褒める。

目がきらきらとして、息がはずんでいる。大人びた彼女だが、こういうところは年相応で愛らしい。実に可愛い妹だ。

そんなマーハを見ているとこっちまで嬉しく、楽しくなってくるから不思議だ。

「がんばってるんだな」

「そうよ。がんばっているの。裏のお仕事もね。ルーグ兄さんに頼まれた通り、グランフェルト伯爵夫人とノイシュ・ゲフィスについて調べたわ」

マーハから資料を受け取る。

蛇魔族であるグランフェルト伯爵夫人については当然調べるし、ノイシュのことも少々気になっていた。

「わざわざ、私に頼まなくとも、ローマルングが協力してくれているのなら、そちらに任せたほうがいいんじゃないかしら？」

「こっちの情報網と向こうの情報網は、規模こそ同程度だが種類が違う。同じことを調べるにしても、角度を変えると別の物が見えてくる」

向こうが使っているのは諜報員《ちょうほう》を使ったいわゆるプロの調査だ。

こちらも諜報員を使っているが、民間の出だし、それ以上に重要視しているのは市場の噂《うわさ》や、金と物の流れなどという商人独自の視点から得られる情報。

「……ありがとう。だいたいわかった。ノイシュが騎士の誇りを捨てるとはな」

グランフェルト伯爵夫人に関わってはならない、そう決闘で負けて約束したにもかかわらず、ノイシュはまだ蛇魔族ミーナとつながりを持っている。

プライドが高いノイシュが騎士の誇りをかけた決闘を汚すような真似《まね》をするとは考えにくいが、調査結果を見る限りクロだ。

「そうね、ただ、第二王子みたいに骨抜きにされたわけじゃないようなの」

「ああ、俺もそこが気になっている。騎士の誇りを捨ててでもとなると、色恋を真っ先に疑うべきなんだがな」

いったい、ノイシュはなんのために、あの魔族に近づいている？

ふと、脳裏にノイシュの顔が浮かんだ。

タルトとの決闘に負けたあとの顔だ。

『教えろ！　どうやって、その力を手に入れた、僕は、僕には力が！』

それは欲望からではなく、もっと切羽つまった、悲痛な叫びだった。

まさか、魔族から力を得るためにミーナに近づいたのか？

それもおかしい。

なにせ、そもそもノイシュがミーナの正体に気付けるとは思えないし、気付いたとしても、いくら力を得るためとはいえ人類の敵である魔族を頼るか？

「……それで最後には失踪か」

「ええ、知り合いや家族には旅に出て自らを鍛え直すと告げているみたいなの。同時期に、グランフェルト伯爵夫人も行方をくらましているわ」

「偶然だと思うか？」

「たぶん、違うわね」

ノイシュ、あいつは一体何を考えている？

……ネヴァンの、馬鹿な幼馴染みがやらかしても友達でいてくださいという言葉も気になる。

「ノイシュの行方を追ってもらって構わないか?」

「やっているわ。バロール商会の流通網がある街に現れれば、すぐに連絡が来るように手配しているの」

「まったく、怖いぐらいに優秀だ」

「ルーグ兄さんに鍛えてもらったし……少しでも力になりたいから頑張っているのよ。私はこれしかできないもの」

タルトがたまにそうするように、頭を見せて撫《な》でてほしいとアピールする。

俺は彼女が望むがままにそうすると、クールな表情がくずれ、甘える子供のような表情を浮かべる。たぶん、マーハのこんな顔を見られるのは世界で俺だけだろう。

「さて、これで仕事は終わりだ。デートに行こうか」

ノイシュのことは気になるが、今できることはない。

それよりも、俺のためにがんばっているマーハを少しでも喜ばせてやりたい。

「ええ、ずっとこの日を楽しみにしていたのよ」

伝票を持ち、立ち上がる。

「今日はどんなふうに私を楽しませてくれるのかしら?」

「それは秘密だ」

「いつも、ルーグ兄さんのエスコートは新しい発見があって好きなの。ねえ、前から聞きたかったのだけど、そろそろ妹から、妹兼恋人になれないかしら？」

「……マーハは家族だよ」

「驚いたわ。かなり前進しているのね。いつもなら即答なのに、今、少し悩んだわね。どういう心境の変化かしら？　ふふっ、ここは畳み掛けないと駄目ね」

マーハが上機嫌になり、くっついてきて腕を組む。

今日は俺がエスコートする。

ここまで俺に尽くしてくれているマーハのために、入念な準備をしておいた。

それにプレゼントも用意してある。

ここからは、マーハを楽しませることだけを考える。

そうでないと、マーハに失礼だ。

Episode18

第十八話　暗殺者は牽制する

The world's best assassin, to reincarnate in a different world aristocrat

マーハとのデートは楽しい。

そんなことを高級レストランで夕食をとりながら考えていた。

むろん、ディアやタルトとのデートも楽しいのだが、マーハとのデートは彼女たちのものとは少し異なる。

ディアの場合は俺のエスコートに身を委ねつつ、どんどん要望を伝えてくる。

タルトの場合はディアと同じく俺任せ。しかし、顔色を窺っており細かな気遣いをしてくれ、自分の要望は言わない。また、たとえ趣味に合わなくとも俺のために楽しい振りをする。

そして、マーハとのデートはそのときどきによってエスコート役が変わるし、積極的に俺を楽しませようと頭を使い、行動してくれる。

そういうのは刺激があって楽しいし、新しい発見があり自分の世界が広がる。

むろん、二人とのデートが退屈なんて言うつもりはない。ディアのわがままは可愛いし、ストレートに要求をぶつけてくれる分、わかりやすくて楽だ。

タルトの場合も、無理して楽しい振りをされる分、やりにくさはあるが慕われているというのが伝わってくるし、気遣いがくすぐったくていい。

つまり、三者三様の面白さがあるのだ。

「うーん、今日のデートは良かったわね。……それだけに、もう行かないといけないのが口惜しいわね」

「俺も楽しかったよ。これから、またパーティか」

「ええ、そうよ。いくつかある断りきれなかったパーティの最後ね。王都はこりごりよ。暇な権力者が多いもの」

オルナの魅力にとりつかれた貴族たち。彼らがオルナの代表代理が王都にやってきたことを知れば、自分のパーティに呼びたくなるのは必然。

オルナの代表代理をパーティに招くのは商品をいち早く確保するためであり、オルナのことをより知るためであり……なにより、貴族内で自慢になる。

「前から考えていたんだがな、俺はもうほとんどイルグに戻ることはない。……マーハをオルナの代表代理じゃなく代表にしたいと思っている」

イルグ・バロール。

俺のもう一つの名前であり、バロール商会の御曹司だ。

「嫌よ」

マーハは即答した。

「今でも実質代表のようなものだろう。代表になれば、今よりも仕事はやりやすくなる」

「わかっているわ。経営のことを考えるとメリットしかない。やっぱり、どんな人と交渉するにしろ、代表と代表代理の肩書きじゃぜんぜん違うと実感することが多いもの」

マーハの権限は、代表である俺とまったく同じ。

しかし、相手はそうは取らない。あくまでオルナのトップはイルグ・バロールであり、目の前の少女はその代用品と思ってしまう。

「なら、どうしてだ？　遠慮しているのか」

「違うわ。私はルーグ兄さんの下がいいの。あなたに尽くしたいし、あなたとの繋《つな》がりはなんであれ手放したくない。これは私のわがままよ。私はあくまであなたのマーハでいたい」

「商人らしくないな。商人なら、人の下にいるより、自分の店を持ちたがるだろう。独立はほとんどの商人にとって夢だ」

「……そういう夢もあるわ。商人として成長して、お金をためて、ばらばらになった仲間を集めて、新しい商売をはじめて、奪われた父の商会を取り戻すって夢がね」

「オルナを手に入れたら、一発で叶《かな》う」

マーハは不敵に笑って見せた。

「舐《な》めないでほしいものね。オルナをもらわなくても叶えてみせるわ。というより、ほとんど叶えているのよ。報告書は送っているわよね。例の新人たちは、みんな活躍しているわ」

「そうだったな」

マーハは俺と出会う前は孤児で、孤児を集めて商売をしていた。

そんな日々は孤児狩りによって、仲間たちがばらばらの孤児院に預けられたことで終わる。

そんなマーハは最近になって、かつての仲間たちを見つけ出し、オルナにスカウトしている。

半分は情だが、半分は実利だ。

マーハの仲間たちは、幼いころから過酷な環境で生き抜いてきたためたくましい。

マーハというリーダーがいたとはいえ、子供だけで商売を成功させたという経験は宝だ。

実際、マーハがスカウトした彼らは活躍し、投資以上に働いてくれている。

オルナは得難い人材を得た。

「それに、元父の商会も三分の一ほど、切り崩せているの。買収計画は渡したでしょう？」

「そっちも見ているよ」

かつてマーハの父の商会は、代表が替わってから業績が悪化して資産を切り売りし始めた。

売り出された店をマーハは買収し、オルナの支店を開き、そこを起点にしてなかなかの業績を挙げている。

かつて俺はマーハに『私情を挟むなとは言わない。だが、私情を挟むのなら、成果を出せ』と言った。

彼女はそのとおりにしてくれている。

「私は、あなたの下にいても夢を叶えるわ。かつての仲間も救い出して、父の商会を取り戻す。そのうえでルーグ兄さんを支えてみせるわ。どちらかなんて言わない。全部選ぶ。私はそれぐらい優秀なの。だから、あなたの下にいられる」

俺は微笑する。

本当にマーハは強いな。

それに、俺への好意がまっすぐで心を揺らす。

「ありがとな。マーハ」

「どういたしまして。初めはね、私にあったのは恩だったのよ。あのまま、あそこにいたら何もできないまま殺されるか、変態貴族に売られていたわ。ルーグ兄さんのおかげで救われて、商人としての力もつけさせてもらった。だから、恩を返さないとって思ってたの」

「今は違うのか」

「違わなくはないわ。今でもそう思っている。でもね、それ以上にただルーグ兄さんが好きだからってのが大きいの」

満ち足りて、幸せに溢《あふ》れた表情。

どきりと心臓が高鳴る。

マーハはもう子供じゃない、綺麗《きれい》な女性になったと改めて思う。

「俺もマーハのことが好きだよ」

「知っているわ。……それにしても、重ね重ね口惜しいわね。今日のこの流れなら、このまま最後まで行けそうなのに。そろそろいかないと。ルーグ兄さん、ご褒美とお別れのキスをちょうだい」

マーハが立ち上がる。

目を閉じて、俺を待つ。

まつ毛の長さや、綺麗な肌、体臭と控えめな香水が混ざった匂いなどがやけに気になる。

そのまま、口づけをかわす。

唇を離すと、マーハは顔を赤くして唇を押さえる。

「……うれしい。いつもルーグ兄さんってキスをおねだりしたら、頬《ほお》か額なのに」

「今日はそっちのほうが良い気がした」

「ふふっ、お仕事がんばるわ！」

マーハは弾けるような声と笑顔で駆け足で出ていく。

……あのマーハが駆け足とは、本当に時間ギリギリだったんだな。

さて、俺は酔い覚ましにハーブティーでも頼んでからでよう。

頼んだお茶を楽しんでいると、目の前にわざとらしく音を立てて誰かが座る。

そこには、俺の協力者がいた。

「あなたって本当にもてますのね。小さな天才魔法使いちゃん、胸の大きい槍使《やりづか》いのメイドちゃん、偽りのお姫様の次は、美人なやり手商人ちゃん。みんな、可愛くて綺麗《きれい》で才能に溢《あふ》れて、あなたに惚《ほ》れ込《こ》んでいますわね」

「ミーナか。この街にいたとはな」

蛇魔族のミーナ。昨日殺した第二王子を壊した張本人。

なぜ、彼女がここにいて、なぜ、俺がここに居ることを知っている？

どこからか、情報が漏れているのか。……調査が必要だ。

「私、人間のふりをしているのは人間の文化を楽しむためですもの。お祭りに行かないはずないですわ。ふふふっ、とってもとっても楽しかったですわ！　人間ってちっぽけで、弱くて、醜いのに、どうしてこんなに素晴らしいものを生み出せるのでしょう。本当に愛《いと》おしいですわ」

グランフェルト伯爵夫人として、貴族社会の中枢に潜り込んでいるのをただの娯楽というあたりスケールが違う。

「そんな世間話をするためにここへ来たのか」

「まさか。ふふふ、やってくれましたわね。私の玩具《おもちゃ》を壊しちゃうなんて。あれは二番目のお気に入りだったのですよ」

「なんのことだ」

カマかけだ。

俺は暗殺の証拠を残すほど間抜けじゃない。

「まあ、しらばっくれますのね」

「事実、関係していない。俺はアルヴァン王国に忠誠を尽くす貴族だ。第二王子に刃を向けるはずがないだろう」

「『証拠があるのか』って遠回しに言っておりますの？　そんなものはありませんわ。でも、私は玩具の健康管理ぐらいしておりますの。あの玩具は壊れないはずでした。なら、壊されたとしか考えられない。そしてね、あの状況で『病死』させることができるのは、世界であなただけですの。つまり、あなたが殺したってことですわ」

「めちゃくちゃな理屈だ」

「ええ、めちゃくちゃを言っていますわ。でも、間違っていない。……私、さすがに怒っちゃって、仕返ししたくて仕方ないわ。玩具を壊されたのですもの、私もあなたの玩具を壊しちゃいましょうかしら？」

「それは、俺への宣戦布告と受け取っていいか」

「そちらでしょう、先に仕掛けてきたのは」

俺とミーナは静かににらみ合う。

お互い、殺意のかけらももらしていない。

だからこそ、まずい。

殺意というのは、相手に情報を与える。狙い、タイミング、手札ｅｔｃ.。

殺し慣れているものが殺意なんてものを漏らすのは威嚇のときだけだ。

故に、殺し慣れているものが、この状況で、まったく殺意を出さないのは威嚇ではなく、行動に出る前兆とも言える。

「ふふっ、冗談ですわ。あの玩具はお気に入りでしたけど、あなたのほうが面白そうですもの。こんなことで、あなたを失うのは馬鹿らしいですわ」

やれやれとミーナは肩をすくめる。

だが、油断はしない。

まだ、仕掛けてくる可能性は十分ある。

それを踏まえた上で、こちらからも探りをいれる。

「繰り返すが、俺は殺していない。それに、もし、そうだとするなら先に手を出したのはそっちだろう。俺は友人には手を出すなと言ったはずだが」

「あら、知っておりましたの？　今、一番のお気に入りのこと。あの子、本当にいいですわ。可愛くて、可笑《おか》しくて、無様で。だから、おまけしちゃいましたの。……ああ、でも痛いところを突かれましたわね。私、あなたの友人に手を出しちゃっておりますわ。これなら、仕返しに恋人を殺すのは理不尽ですわね。いいですわ、今回の件はお互い様ということで」

疑いは確信に変わった。

ノイシュの行方不明はミーナが絡んでいる。

「……ノイシュをどうした」

「それは近いうちにわかりますわ。というか、面倒な話はここまでにしません？　いい加減、本題に入りたいですわ」

「ここまでのは本題じゃないのか」

「ええ、どうでもいいですわ。こんなこと」

魔族というのはどうかしている。

籠絡したお気に入りが殺されたことも、俺の恋人を殺すと言ったことも、ノイシュを失踪させ何かしたことも、すべてがどうでもいいことなんて。

「もうすぐ、次の魔族が現れますわ。次の魔族はとってもとっても強いのです。それこそ、あなたと可愛《かわい》い従者さんたちじゃ勝てないぐらい。でも、安心してくださいませ。援軍が来ますから」

「援軍？　まさか、お前が助力するのか？　魔族と敵対していることは隠したいんじゃなかったか」

「それこそまさかですわ。お楽しみに。と言っても、あなたなら勘づいているでしょう？」

「さあ、どうだかな」

嘘《うそ》をついた。

この話の流れから誰が来るのかは、予想がつく。

「こちらに魔族の情報をまとめておきましたわ。あっ、この場で見るのはなしですわ。話していい情報はすべてここにありますの。これ以上、何も言う気はありませんわ。あなたはお口がうまいから、お話しすると漏らしちゃいそう」

ミーナが去っていく。

そして、資料に目を通した。

まさか、デートのあとですぐにこんなことになるとはな。

新たな魔族の出現は脅威だ。だが、今回は情報がある分うまくやれるだろう。

Episode19

第十九話——暗殺者は対策を練る

The world's best assassin, to reincarnate in a different world aristocrat

蛇魔族ミーナの資料には、現れるであろう魔族と出現ポイントが描かれていた。

ジョンブルという、アルヴァン王国の北西に位置する都市だ。

国境にあることから、ディアの祖国であるスオイゲル王国を中心に他国と交易しており、港であるムルテウには劣るが、それなりに栄えている。

魔族の出現予定は三日後と極めて近く、場所はトウアハーデからも八十キロほどしか離れていない。

ジョンブルの危機はトウアハーデにも波及する。

ジョンブルの人口を調査したところ、街の人間すべてを捧げても、魔族の目的である【生命の実】を実らすには少し足りない。

足りなければ、魔族は近くにあるトウアハーデを狙うだろう。

「狙われてるのはジョンブルなんだね。私も行ったことがあるよ。いい街だよね」

「いい街だし、トウアハーデとしては失いたくない街でもある」

トウアハーデにとって重要な商売相手。買い出しに行く際には第一候補であり、領地で作ったものを売る場所でもある。

ジョンブルの代わりになる街はいくつかあるが、いかんせん遠すぎる。

「今回のことも、いつもの情報網で知ったのかな？」

馬車に揺られながら、ディアが質問してくる。

「ああ、いつものだ」

ミーナの正体はあえて伏せているため、俺が独自に管理している情報網からと説明していた。

もう二人同行者が居る。

一人はタルト、今回出現する魔族について俺が作成した資料を読み込んでいる。

ミーナの情報を元に、アラム・カルラから得た情報を加え、分析し、対策まで書いたものだ。

そして、もう一人のほうに声をかける。

「本当に来るとはな」

「当然ですわ」

紫の髪をした絶世の美少女がそこには居た。

紫は貴人の色と言われるが、彼女を見るとまさにそうだと頷《うなず》いてしまう。

魔族との戦いに同行させるとの約束をしていたので、声をかけた。

「よく、俺の話を信じる気になったな」

ローマルング公爵も独自の情報網を持っている。

そして、確実に新たな魔族の情報は持っていない。

なにせ、魔族の内通者からもたらされた情報だ。

「ふふふっ、とっても気になったんですの。だって、ローマルングでも手に入らなかった情報を持っているなんて」

「どこからとは聞かないんだな」

「いつもの情報網なんでしょう?」

「そうだ」

にこにことした表情はそのまま。

彼女は聞いても無駄だということはわかっているから聞かない。

だが、それは諦めたわけじゃなく自分で調べるという意思表示に他ならない。

馬車に揺られていると、タルトの頭から煙が出始めた。

「ううう、この魔族、強すぎますよ。反則です!」

タルトが何度も読み返した資料を忌々しそうにみる。

タルトの場合、そういう仕草すら可愛らしくて、それが可笑しい。

「たしかにな。次の魔族は、獣王ライオゲル。その特性は名前の通り、獅子《しし》に近いらしい」

「獅子さん、とっても強そうです」

「ああ、ネコ科の筋肉は柔軟でバネがあるし、瞬発力が凄《すさ》まじい。反射神経もあり、肉食動物らしくとてつもない集中力を発揮する。……とはいえ、最後の特徴はむしろやりやすいんだがな」

獣王ライオゲル『単体』なら、暗殺しやすい印象を受ける。

「すごい集中力があるのにですか？」

「獲物を狩るための集中力っていうのはな、とてもせまくて短い集中力なんだ。俺も狙撃のときはそうなってしまうが、対象と自分以外の情報を世界から消す。それぐらい『深い』集中だからこそ、外さない」

「あっ、わかりました。つまり、死角が増えるし、死角からの攻撃には反応が遅れるんですね」

「ああ、そのとおりだ。だからこそ、俺には助手が必要だった。獲物だけを見ていられるようにな。タルトがいるから俺は殺しに専念できる」

獲物を狩る瞬間こそがもっとも隙がでる。

それは避けようがない構造上の問題だ。

逃げることを前提としている草食獣は視界が広く、常に警戒を怠らない。

だが、狩人《かりゅうど》は違う。

集中するのは仕留める一瞬だけでいい、代わりに深く集中する。一瞬にすべてをかけ、相手の集中を凌駕《りようが》する。

その代償に集中は持続しないし、視界はせばまる。

「でも、それが難しいってルーグは考えているんだよね」

「単独なら今のが弱点になるんだが、やつはハーレムを持っているんだ。そこも獅子らしい」

獅子は雄を中心に複数の雌で群れを作る。

獣王ライオゲルは、魔物を生み出せるタイプの魔物ではないが、常に取り巻きがいる。

「あの、ハーレムってなんですか？」

「私が答えてあげるよ。うーんとね。ルーグと私、それから、私は会ったことがないけどマーハも。私たちの関係をハーレムって言うんだよ」

「ちょっと待ってくださいませ、私も加えていただけませんの？」

ネヴァンにディアが冷ややかな目を向ける。

「公爵様はそんなこと望んでないよね。もしルーグとくっついたら、私とタルトは追い出す気まんまんでしょ」

「そんなことはありませんの。クローディアのことは結構買っておりますのよ。だから、あなたの生んだ子は、ローマルングの血に取り込めるほど素晴らしくなるでしょうね。きっちり、貰《もら》い受ける予定ですわ。あなたがルーグ様に愛想を尽かされたときは相談してくださいませ。優秀なあなたに相応《ふさわ》しい種を手配しますわよ？」

相変わらず、ネヴァンの頭はぶっ飛んでいる。

独占欲や恋愛といった感情を持ち合わせてはいるのだが、それ以上にローマルングだ。

「うわぁ、これだからローマルングは。私の子供をローマルングに差し出す気なんてないし、ルーグに振られた後のことなんて、余計なお世話だよっ。というか、なんで私にだけ絡むの？　タルトはどうなの？」

「そっちの子は要《い》りませんわ。だって、その子、すっごくがんばってるだけの凡人ですもの」

「……あはは」

「それ、ちょっと聞き捨てならないんだけど」

「ただの事実ですわ」

「あっ、あの私のことで争わないでください」

タルトが仲裁に入る。

彼女は、ネヴァンの言葉を否定しない。……そして、俺もだ。

ある意味、ネヴァンの言葉は正しいとわかっているからだ。

タルトは天才じゃない。センスは平凡そのもの。ただ、どこまでも素直でどこまでも努力家だ。素直だから、先入観なしに教わったことをそのまま呑《の》み込み、努力家だからこそ人の何倍も反復練習して身に付けているだけ。

俺やディア、ネヴァンとは別種の人間。

だが、こうも思う。彼女の素直さ、あそこまで努力し続けられるのは才能だと。

「話が逸《そ》れたから戻そう。ハーレムという言い方が悪かったな。あいては統率された群れ。しかも雌は雄と大差ない強さの上に、自らの意思を持ち、頭が良く、的確に行動する。ただ数がいるのと、統率された群れであるのは次元が違う」

有機的に連係し、強みを増し、弱点を消す。

いい群れは、個の力を何倍にも引き上げる。

「えっと、すっごく不安になってきたから聞くけど、その雌たちって魔物だよね？　魔族と違って普通に殺せるよね」

「ああ、魔物だ。だが、雄が触れれば、魔族と同じ性質を持ってしまうらしい。勇者が直々に殺すか、【魔族殺し】のフィールド内じゃない限りは雄が触れれば死んでも蘇《よみがえ》る」

ディアとタルトが押し黙る。

どれだけの難敵かを理解したらしい。

「あの、どうやって倒すつもりなんですか？」

「結局のところ、何はさておき雄と雌を隔離しないとどうにもならない。だから、そうする」

「具体的な方法はあるんだ？」

「ああ。俺がいつも【砲撃】に使っている大砲があるだろう」

「あの凶悪な奴《やつ》だね」

「あれを少々いじって、カタパルト……発射台にした。それを使って雄を数キロ以上ぶっ飛ばす。そして、殺せるようになった雌を可能な限り減らし、雄が戻ってきても大丈夫なように肉片すら残らず焼却。これを繰り返していくだけだな」

　気が遠くなりそうな手段ではあるが、有効な手のはずだ。

　そして、そのカタパルトが駄目なときの手もある。

「簡単に言いますが、実現するのはとても難しそうです」

「そっちは工夫次第でなんとかできる。俺を信じてくれ」

　強がりではなく明確なビジョンがある。

　視線を感じる。

　さきほどからネヴァンが俺のほうを無言で見ている。

「何か、言いたいことがあるのか？」

「もっと簡単な方法があるのに、使わないのが不思議と思いまして」

やはりネヴァンなら気付くか。

とあることを許容すればずっと楽で安全な方法はある。

「参考までに聞かせてくれないか」

「学園でオークの軍勢をまとめて吹き飛ばした、広範囲超威力の魔法がありますね。それを、使えばいいのですよ。雄以外は雄が触れないと再生しないのでしょう？　あれなら肉片も残らないでしょうし、残ったとしても遥《はる》か彼方《かなた》に吹き飛びますの。雄は復活するにしろ、雌は一発で復活できなくなりますの」

彼女が言っているのは神槍【グングニル】と【一斉砲撃《フルファイア》】のことだ。

タルトとディアが、その手があったのかと感心した目をネヴァンに向けている。

「それは俺も考えた。だが、魔族は神出鬼没だ。奴らを発見できるのはジョンブルにかなり近い位置になる。ジョンブルの外壁は学園都市や王都とは比べ物にならないほど脆《もろ》い。もし、俺がそんな位置であの魔法を使えば街ごと吹き飛ばしてしまう」

それがネックだ。

オーク魔族との戦いでは、軍勢がかなり陣から遠くにいた上に堅牢《けんろう》な防壁があった。

兜蟲《かぶとむし》魔族との戦いでは、そもそも住民が皆殺しにされていた。

だが、ここは違う。

「いいではないですか。これは世界を救うための戦いですもの。これからも世界を守り続けないといけない聖騎士様がリスクを負うほど、ジョンブルの民に価値はないと思いますわよ」

「それは見解の相違だな。この程度のリスクと千を超える命であれば、俺は後者を選ぶ。勘違いしないでほしいんだが、そうしなければならないほど追い詰められているなら、俺には千人の命を犠牲にする覚悟がある。しかし、今回はそれに値しない。俺たちであればできると考えた上で発案している」

ネヴァンの言うことを否定するつもりはない。

人命は何よりも尊いなどと言うつもりもない。

俺が死んでしまえば、世界が滅んでしまうことも理解している。

その上で、この程度のリスクは負えると判断した。

「わかっているのでしたらいいですの。そっちのお二方はどう思います？」

「私はルーグに賛成だね。ルーグはできないことは言わないよ」

「はいっ！　私もルーグ様を信じてます」

「まあ、なんて素敵な信頼なんですの」

ネヴァンは少しだけ、今までと種類が違う笑みを浮かべた。

それから、はっとした顔で手をたたく。

「ああ、私ったらなんて馬鹿なことを聞いたのでしょう。ルーグ様はすでに必要な犠牲は許容していて、この作戦はそれ前提ですものね。そんなあなたが甘いことを言うはずありませんでした。ふふふっ、またいっそう惚《ほ》れましたわ。あなたの手足になって働きましょう。私の光魔法があれば成功率はあがりますの。というか、最初から当てにしておりますよね？」

「よくわかったな。それを込みで、リスクを計算している」

「同じものを見られる殿方は初めて。やはり、私達は結ばれるべきですの」

馬車は決戦の地に向かって走る。

(最後まで口に出す気がなかったことを見抜かれてしまったか)

タルトとディアには隠していること。

この作戦はすでに、ある程度の被害を許容した作戦。

本当に犠牲を少なくしたいのであれば、ジョンブルの住民を避難させなければならなかった。

しかし、住民を避難させるには国に対し情報源を言わなければならないし、住民がいなくなることで魔族がターゲットを変える危険性が高い。

まったく予期していない場所にターゲットを変えられた場合、被害は何倍にもなってしまう。

人の心を手に入れても、なお俺は暗殺者なのだ、命を数で計算してしまう。

万が一にもターゲットを変えられないために、ジョンブルで戦いに巻き込まれる人々の死を許容した。そのほうが多くの人間が救えるという試算のもとに。

しかし、それを選んだからこそ、俺のプライドにかけて許容した以上の死がでないようにしてみせる。

それが、俺にできる唯一のことだ。

Episode20

第二十話――暗殺者は思いやる

The world's best assassin, to reincarnate in a different world aristocrat

目的地であるジョンブルの街について宿をとる。

襲撃までの間は、この街で過ごしつつ準備をする。この街の中にいるのが、もっとも対応しやすい。

食事をしながら作戦会議を行っていた。

「うーん、やっぱりこの街の料理はいいね。とっても懐かしいよ」

満足そうな顔で、ディアが食事を口に運んでいる。

バターたっぷりの川魚を使ったムニエル。特徴としてはこれでもかと炒《いた》めた玉ねぎが入っていること。

味自体は特筆すべきものはないのだが、ディアにとっては故郷の味。

スオイゲル王国との国境付近にある街だけあって、そちらの料理が伝わっている。

「あの、ネヴァンさん。私たちと一緒の食事で大丈夫でしょうか？」

「もちろんですの。先日も言った通り、魔族を倒すために同行している間はチームメイト

で、あなた方と同じ立場ですもの」

ネヴァンが同行する際に、一つ条件を出した。

それは作戦行動中は、ただのネヴァンとして扱うこと。

馴《な》れ合《あ》いをするために言ったわけじゃない。

チームとして動く場合、指揮系統の整備は重要だ。少数チームであってもリーダーが二人いるなんて状況ではパフォーマンスの質がガタ落ちしてしまう。

「そう言われても、公爵令嬢のネヴァン様に……」

「そういう奥ゆかしいところってタルトの美点だと思うけど、欠点でもあると思うよ。こういうの軍隊だって一緒だよ。おえらいさんの息子でも上司の命令は絶対だし、特別扱いはされない。そんなことしたらみんな死んじゃうもん」

「ディアの言う通りだな。それができると言ったから連れてきているんだ」

「そうですの。だから、ディアのようにネヴァンとお呼びくださいな。タルト」

「はっ、はい、あっ、あの、ネヴァン」

恐る恐るといった様子でタルトはネヴァンを呼び捨てにした。

「うん、いいよそんな感じだね。あっ、ネヴァン、塩をとって」

「はい、どうぞ」

……少々ディアの場合は割り切りがすぎる気がする。

彼女の場合、思考の根本にあるのが合理性だし、そもそもディアは身分が高い存在に慣れているのだろう。

「もう一つの条件も忘れていないな」

「はい、もちろん。ここで知った情報は誰にも話しませんし、技術の流用もしないってことですね」

「ああ、……俺たちには知られたくない技術や戦術がある。そして魔族は手札を隠して戦える相手でもない。その条件を吞《の》んでもらえないなら、ネヴァンがついてこられないように死力を尽くす」

これも事前の約定だ。

俺の得意とする、【銃撃】や【グングニル】、【レールガン】などは表に出せないもの。

それらを封じて魔族を殺すことは不可能。そして、それを使う以上は予《あらかじ》めチームのメンバーにはその性質を公開しておかないと作戦行動は取れない。

「そちらも約束しますの。もし、その約束を破った場合はどうなるのでしょう?」

「どうもしない、二度とおまえを信用しないし敵だと認識する。さらに言えば、こんな約定、穴をつこうと思えばいくらでもつける。例をあげれば子飼いのものに後をつけさせて、自分ではなくそいつが口外したなんてのもありだ。そういう穴をあえて塞がない。『約束は守った』なんて詭弁《きべん》を使おうが、俺はおまえを敵だと定める」

「あらあら、それはとっても悲しいですの。でも、私《ローマルング》を敵に回すなんて言っていいのでしょうか？」

「ああ、それぐらいには買ってもらっていると自負している……それに殺すだけならいつでもできる。仮に相手がローマルングでも」

意識的に殺意を漏らす。

これは威嚇であり、決意表明。

ネヴァンが目を見開き、震える手を押さえる。

「ふふふっ、やっぱり暗殺者ですのね。なんて冷たい目。でも、そこがいいのですわ。信用してください。あなたに嫌われるようなことはしませんの。大事な未来の夫ですから」

「後半を了承した覚えはないが」

「あなたが了承しているかなんて関係ありますの？」

やはり、彼女はローマルングだ。

「とにかく、わかってくれているならいい。まずは食事だ。これが終われば、作戦会議を始める」

「はい、ではこの庶民の味を楽しんでしまいましょう」

「これ、結構ごちそうですよね」

タルトがネヴァンを不思議そうに見ている。

公爵令嬢と貧乏な農村生まれのギャップ。

何はともあれしっかり食べよう。

長旅での疲れを癒やさないと。

◇

翌日は、街の地形を把握するために全員で実際に歩く。

すでに街の地図は入手しているが、実際に目で見る必要がある。

今回の作戦では市街戦すら想定している。いや、そうなる確率のほうが高い。

相手はネコ科の性質を持っている、それが街の至近距離に群れで出現するのだ。

超高速かつ、跳躍力も凄《すさ》まじい。あっという間に街へ近づき、防壁をひとっ飛びで越えていく。ローマルングの精鋭が四方で監視しているとはいえ、防ぎきれるものではない。

昨日、馬車の中で【グングニル】を使えない理由は、防壁の脆弱性《ぜいじゃくせい》にあると言ったが、
それは運良く外での迎撃に成功したという想定であり、街中であんなものぶちかませば被害がでるどころか街が壊滅する。

「ううう、どこで戦っても、街への被害は抑えられそうにないです」

タルトがきょろきょろと周りを見ながら、そう言う。

「まあな、これだけ栄えている街だとな。犠牲がでるのは止められない。俺たちは神様じゃないんだ」

「はいっ、だけど、悲しいです」

俺はタルトの頭を撫《な》でる。

「タルトは優しいな」

「そんなことないです。ただ、嫌だって思っただけで」

照れながらも気持ちよさそうに俺に甘えてくる。

「私に提案がありますわ。こうして下見《い》をしているのですし、せっかくだから地の利と待ち伏せ、二つのアドバンテージを活かしませんか」

「そのアドバンテージを活かすなら罠《わな》か。たしかに効果的かもな」

事前に来るとわかっているのだから、出迎えの準備をするのは定石。

ただし、対魔族を想定するのであれば、超火力が必要になる。

その罠が発動すれば、十数軒の民家が吹き飛ぶようなもの。それをいくつも仕掛けなければならない。

……これも誰かの犠牲を前提にした戦略。

しかし、その罠がなくても戦闘になれば同じことが起きるのも間違いない。

なら、予め戦場になっても犠牲が比較的少ないところを見定め、そこに罠をしかけた上で魔族の群れを誘導し、罠の力を駆使することでその一帯を戦場とし固定するべきか。

「なら、さっそくやりましょう」

「やりたいのは山々だが難しい。罠を作るだけの物資はなんとかなる。しかし、罠の設置が問題だ。魔族がかかる前に人に気付かれる」

「それも大丈夫ですの。設置場所は民家にしましょう。お金で頬《ほお》を叩《たた》いて、私が買い取りますので、仕掛け放題ですわよ？」

この人波の中で罠を仕掛けるならそれがベストだ。買い取った家の中なら邪魔をされないし、罠を隠しやすい。

「大きな出費になるがいいのか？」

「使うべきときに使うから、お金には価値がありますの」

「お言葉に甘えよう」

少しでも勝率をあげられるのなら、ネヴァンの力を借りるべきだ。

◇

それから、地形を確認しながら罠を設置するための家を十六軒購入し、罠を仕掛けた。

仕掛けたのは遠隔操作で発動する罠だ。

「すごい財力だな」

「稼いでおりますから」

そもそも、魔族が現れない可能性がある。

現れたとしても、可能であれば街を守る防壁の外で戦うことを最優先する。

この街が戦場にならない可能性は十分ある。にもかかわらず、ネヴァンは十六軒もの家を相場の倍近い値段で買ったのだ。

「無駄になったらすまない」

「いいですわ。私が気付いてないとでも思いましたの？　あなたが買った家、そのすべてが再利用しやすい、商売に使いやすい立地だってことに。倍の値段で買っても、あなたや私なら簡単に元がとれる、そういう土地でしたの」

「そこまで気付くか。言っておくが、罠としての有効性があることを前提に、その中から、そういう土地を選んだんだ。ネヴァンに損させないためにな」

ネヴァンにとっては大した出費じゃなくても、大金だ。

なら、その後も考えておきたい。

「それだけじゃないでしょう？　本当に抜け目がないのですね。……だって、周囲が戦いで更地になって一纏《ひとまと》めにすれば、何倍にも価値があがるところばかり。あなた、地上げ屋に向いてますわ」

「うわぁ、ルーグってけっこう考えることえげつないよね。戦場で更地になることを予想して先に買っちゃうなんて」

「そっちはネヴァンへのフォローじゃない。そうしておけば戦場にしてしまった場合、そこに住んでいた人へのフォローができるんだ」

ネヴァンとディアが首を傾《かし》げる。

「高くなるってことは、高く買ってやれるってことだ」

「ああ、なるほど。戦場になったせいで家をなくしちゃった人も、土地を高く買ってもらえるなら、お金や住む場所に困ることはないってことですね！」

頷《うなず》く。どこを戦場にしても多くの犠牲がでる。なら、高値で買い取ることができる土地を戦場にしておけば、家を失った人々が新たな生活を踏み出すための資金にできる。

「ああ、そういうことだったんだ。ルーグって気配りしすぎるよね。禿《は》げるよ？」

「それは嫌だな」

苦笑する。

できる限りの偽善。これはルーグ・トウアハーデになってから芽生えた行動指針。

自己犠牲をするつもりはない、暗殺の成功率を落とすことはしない。だけど、できる範囲でやれることはしてやりたい。

きっと、転生前の俺じゃこんなこと考えもしなかっただろう。

最後の一軒での罠を設置し終わる。

「……罠の設置はここでラストだ。あとは備えるだけ。それとな、ネヴァン。一つ伝えておきたいことがある。たぶん魔族との戦いの最中、ノイシュも現れる。それも、力の代償に人間をやめてな。アルヴァン王国の貴族としては許されない罪だ」

力を渇望したノイシュ、そんなノイシュを玩具《おもちゃ》と言っておまけをしたと言う蛇魔族ミーナ。

なにより、俺ですら勝てないと言うほど強い魔族との戦いに助っ人《すけと》が現れるとミーナは予言した。

そこから導かれる答えは一つ。

ミーナの力を受けて、人間をやめてまで力を得たノイシュが現れるということ。

「へえ、それも私が知らない情報ですの。これでも、かなり真面目に馬鹿な幼馴染《おさななじ》みのことを心配していたのですよ？」

「その馬鹿な幼馴染みが敵に回ったらどうする？　言っておくが、俺は必要ならば殺す覚悟がある」

「必要でなければ、そうしないということですのね？」

「そうやって、すぐに言葉にしない想《おも》いを読まれるとやり辛《づら》いな」

「私も同じですの。……まったく、あの子ったら、昔は子犬のようにお姉ちゃん、お姉ちゃんとついて来て可愛かったのに。どこで間違ったのでしょうね」

ネヴァンが微笑《ほほえ》む。

隠しきれない寂しさが漏れていた。

彼女にはノイシュへの想いがある。

それは恋愛とは程遠く、むしろ弟にむけるようなもの。

意外だ。ローマルングを体現することしか考えていない彼女が、一切利益につながらない彼にそんな感情を向けるなんて。

「とにかく、これで終わりだ。全員、いつ魔族が現れてもいいように備えておいてくれ」

「はいっ、たくさん食べてたくさん寝ます！」

「私は今回のために作った新魔術の最終チェックをしておくよ」

「なら、私は戦後処理を考えておきましょうか」

ここから、いつ魔族が来てもおかしくない。

やれることはすべてやった。

あとは、戦いのなかでどう動くかだ。

Episode21

第二十一話　暗殺者は開戦する

The world's best assassin, to reincarnate in a different world aristocrat

準備をしながら、魔族が現れるのを待つ。

日が落ち始め、夕日の色に街が染められていた。

蛇魔族ミーナの指定した日は昨日であり空振りに終わった可能性はある。

しかし、警戒は解かない。一日、二日のズレなんてものは往々にしてある。

宿で拳銃の手入れをしていたディアがあくびをした。

「緊張感がないな」

「仕方ないじゃん。昨日はずっと気を張ってたんだもん」

「仕方なくはない。緊張の糸を切るな」

「だよね、ごめん。気を引き締めないと」

ディアがぱんと両手で頬を叩く。

同じように拳銃の手入れをしていたタルトが頬をつねっていた。タルトの場合は緊張のしすぎで消耗している。

「……おかしいですの」

ネヴァンがぼそっと声を漏らす。

「何かあったのか」

「西方面からの定時連絡がなくて」

「宿を出て西に行く」

「まだ魔族が現れたと決まったわけじゃありませんの。それに、定時連絡がない場合、別拠点のものが確認に向かっているはずなので、もう少し待ったほうが」

「監視を任せているのはローマルングの精鋭だぞ？　彼らが多少のトラブル程度で定時連絡を怠るなんてありえない。すぐに現地に向かうべきだ」

【鶴革の袋】を腰に吊《つ》るす。

それ以外の装備はすでに身に着けている。

タルトとディアは整備をし終えたそれぞれの専用拳銃を身に着け、頷《うなず》いた。

「ルーグ様のおっしゃる通りですわね。私ったら平和ぼけしておりましたの」

「なにもないかもしれないが、そのことを確認できるだけで意味がある」

そうして、速やかに俺たちは走り出した。

◇

全員で西へ向かう。

「正解だったようだな」

外壁を越えるまでもなく、精鋭たちが魔族に殺されたことを確信できた。

なにせ、そこには地獄が展開されていたからだ。

百獣の王、その群れが民を蹂躙《じゅうりん》している。

見えている魔物は獅子《しし》、すべてたてがみがない雌。つまり、魔族ではなく眷属《けんぞく》。

だが、眷属だからと言って油断はできない。

その牙はまるで頭蓋骨を砂糖細工であるかのようにかみ砕き、その爪は肉をバターであるかのように切り裂く。

人々は泣き叫びながら、逃げまどう。

その体高は二メートル弱、体長は三メートル強と、普通の獅子よりも一回り大きい。

風の範囲監視魔法で周囲一帯を調べるが、効率よく人間を虐殺するために魔物たちは散らばっている。

こうも散られると厄介だな。

作戦を考えていると、子供を抱いて逃げる女性の背後に雌獅子の魔物が現れた。

「たっ、助けてください！」

今にもその爪が母親の背中を捉えそうだ。

「【銃撃】」

余波で周囲の人間を傷つけないよう、【砲撃】ではなく、ピンポイント射撃が可能な【銃撃】を選ぶ。

吐き出されたタングステンの弾丸は狙い通り、雌獅子の額に叩《たた》き込《こ》まれる。

しかし、硬質な音が響き、弾丸が弾かれた。

雌獅子は親子から興味を失い、その場で立ち止まり俺を睨《にら》みつける。

「早くいけ！」

「はっ、はい」

どうやら、人助けは成功したようだし、敵の性質についてもわかった。

「あの体毛は鋼以上の強度があるというわけか」

でなければこんな音は響かない。

そして、もう一つ厄介な点がある。

俺の【銃撃】は鉄板ぐらいなら軽く貫《つらぬ》くし、貫けないほど硬い相手の場合でもその圧倒的な運動エネルギーで打撃ダメージは与えられる。

だが、この雌獅子は銃撃を受け止めるのではなく流した。

体毛が衝撃で倒れ、その上を弾丸が滑ったのだ。

おそらくは、あの体毛は鋼の硬さに、毛皮のしなやかさがあり、さらには油脂でコーティングされて滑りがいい。

弾丸の効果は薄い上、斬撃、打撃もほぼ通じない。

非常に厄介な性質を持っている。

「来るぞ！」

警告を放つ。

さきほどの【銃撃】はダメージにはならなかったが、それでも苛立《いらだ》たしいと思ったらしい。

単身で突っ込んでくる。

「ガアアアアアアアアアアア」

速いな。

ネコ科の瞬発力ある筋肉は、一歩目からトップスピードを稼ぐ。

その速度は時速３００キロほど。

彼我の距離は四十メートル。おおよそ、〇・五秒で距離を詰められる。

【銃撃】の詠唱など間に合うはずもない。

しかも、硬質で滑る体毛の防御付き。

なるほど、この理不尽な速さと硬さ、ローマルングの精鋭でもどうしようもないはずだ。

だが、残念なことに、この獣は俺を舐めすぎている。

あまりにも動きが直線的だ。

上着の内ポケットに隠している拳銃を引き抜く。

詠唱で生み出せないほど、複雑な機構を持ち、携帯が必須な代物。

しかし、その代わり詠唱なしに使え、威力・精度に優れ連射可能になっている。

（いい仕上がりだ、よく手に馴染《なじ》む）

相手の到達まで、〇・五秒しかないが、早撃ちであればお釣りがくる。前世から何万回と繰り返した動き。

クイックドロウ、神速の二連射。

むろん、【銃撃】に比べて威力に優れるとはいえ、奴《やつ》の硬く滑る体毛を貫く威力を拳銃サイズで実現することは不可能。

だが、それは俺が倒せない理屈にはならない。

そう、あの体毛が厄介であれば体毛がない箇所を狙う。

すべての生物において急所になり得る箇所、それは眼《め》。

吐き出された弾丸が眼球を貫き、その奥にある柔らかく重要な器官をぐしゃぐしゃにし

て即死。

とはいえ、とびかかって来た勢いは殺しきれてない。

金属を仕込んだブーツの底で頭を受け止める。

……それで正解だったようだ。鋼鉄の体毛は針のよう、手で受け止めていれば串刺しだ。

「ここでできるだけ数を減らしつつ、散った魔物を呼び寄せる！」

多くの人間を虐殺するために魔族ライオゲルの群れは散っている。

つまり、雄が触れることで発動する雌の蘇生《そせい》ができない状況だ。

今のうちに可能な限り数を減らしたい。

「それがいいね」

ディアが頷いて、雌獅子の死体を燃やす。

雄が触れることで蘇生をするのであれば、灰にしてしまえばいい。

新たな雌獅子が現れ、臭いから仲間の死を悟ったのか町の人々の虐殺をやめて、憎悪を込めた瞳で睨《にら》みつける。

そして、鳴き声で仲間を呼び、さらに二体の魔物が現れる。

激情に駆られながらも冷静でかしこい。

……ボスのしつけが行き届いている。

「来るぞっ！」

三体で十分と考えたのか、ついに動き出した。

散開しての突進。俺のほうに来る奴は、ジグザグに狙いをつけられないようにしながら走り、残り二体はタルトとディアを狙う。

こうも高速かつ複雑に動かれてしまうと当てるだけならともかく、目を狙う精密射撃は不可能。

とはいえ、やつを殺す手札はいくらでもある。

ジグザグに狙いをつけさせないということは、動きに無駄があるということ、つまりは到達時間が延びる……魔法を詠唱する時間があるということだ。

あと一歩というところで詠唱が完成する。

「【風檻】」

俺とディアで作った、風属性のオリジナル魔法。

それは前方半径数メートルの空間を二酸化炭素で満たす魔法。

この空間に足を踏み入れた生物は、一瞬で肺の中にある酸素を奪われ、脳に重大なダメージを受け、昏睡《こんすい》して死に至る。

いくら体毛が硬かろうが生き物であり、呼吸をしている限り、この魔法からは逃げられない。

使い勝手がいい、お気に入りの魔法だ。

こっちは片付いた。二人はどうなっただろう？

タルトとディアの方を見て、頬《ほお》を吊《つ》り上《あ》げる。頼もしく育ったものだ。

「【風弾】。ルーグ様、やりました！」

タルトはトウアハーデの瞳に魔力を込め、紙一重で爪を躱《かわ》すと同時に、地面すれすれから風の塊を生み出し顎を撃ち抜いた。

風であるがゆえに体毛に受け流されず、強烈に脳天を揺らし失神させられたのだ。

そして動きが止まった次の瞬間にはナイフで目を貫く抜かりの無さ。

タルトは暗殺者として大成しつつある。

【風弾】はディアの開発した、超短時間で詠唱可能な魔術。

超短時間とはいえ、詠唱中は魔力による身体能力強化ができない。素の身体能力かつ守りを捨てた状況で魔法によるカウンターを狙うなんて、並外れた度胸と集中力が必要だ。

そして、ディアはもっと単純な勝ち方を選んだようだ。

「【炎濁流】……それからは逃げられないよ」

さきほどの火葬で炎が効くとわかっている。

だからその膨大な魔力任せに、避ける空間がないほどの炎の奔流を放った。

あれだけの魔法、かなりの詠唱時間が必要だ。おそらく、奴らが警戒していたころからすでに詠唱を始めていた。

先を予測し、詠唱の完了時間を調整するという高等技術があったからこそ、あれだけ高速で動く魔物を魔法で捉えることができた。

拍手の音が聞こえる。俺たちから一歩引いた位置で、あえて観戦していたネヴァンのものだ。

「ルーグ様が強いのは存じていたのですが、まさか従者のお二方がここまでとは驚きですの」

「足手まといなら連れてこない、タルトとディアは俺の大事な助手で戦力だ」

少し前までの二人なら、俺はここには連れてこないで、一人で仕事をした。

彼女達は成長を続け、いよいよ安心して背中を任せられるようになったのだ。

「ふふっ、素敵ですわね。その関係。それにそっちのメイドちゃん。その程度の才能でそこまで強くなるなんて。私、俄然《がぜん》あなたに興味が湧いてきましたの」

「才能は重要だが、それがすべてじゃない。それより、いよいよ本命がくるぞ」

こうして派手に殺したのはわけがある。

敵は散開して、住民たちを虐殺していた。

散り散りになった魔物を一体一体倒していても埒《らち》があかないし、敵のほうが圧倒的に速く、追いかけて倒すのは現実的じゃない。

そんなことをしている間に人間が殺し尽くされてしまう。

だから、追いかけるのではなく呼び寄せる。

獅子《しし》の性質を持つなら鼻が利く。仲間の肉が焼ける臭いに気付くはずだ。そして、群れ、家族だからこそ俺たちを許しはしない。その目論見《もくろみ》が当たった。

風の監視魔法に反応がある。いくつもの気配がこちらに向かっている。そして、その中心には一際大きい気配がある。

「命がけの追い駆けっこだ。走るぞ！」

「はいっ！」

「近くに罠《わな》のポイントがあったよね」

だからこそ、ここで仕掛けた。

ここで、このタイミングなら追いつかれるまでに罠のあるポイントにたどり着ける。

「ネヴァン、そろそろ観客モードは止めてくれ。おまえも戦力なんだろう？」

「あら、そうまで言われたら働くしかないですね。残念です、もっと皆様のことを知りたかったのに」

敵はすでに俺たちの匂いを覚えた。

まだ、目視はされてないがしっかりとついてきてくれるだろう。

この数、まともにぶつかっては厳しい。だから、しっかりと罠に嵌《は》めてやる。

Episode22

第二十二話　暗殺者は罠に嵌める

The world's best assassin, to reincarnate in a different world aristocrat

とんでもない勢いで、魔族が向かってくる中、俺たちは疾走する。

目的地は罠を仕掛けたポイントだ。

「あの、今更ですけど。相手がばらけてくれているなら各個撃破を続けたほうが良かったのではと思うのですよ」

かなりの速度なのに、ネヴァンはついてきて話す余裕まである。

「確かにな。そうすれば戦力を減らせた。だが、そうしない理由が二つある」

「お聞かせくださいな」

「一つ、街の被害を少なくするためだ。一体一体潰して回るとどれだけ時間がかかるかわからない。その間、奴らに多くの人が殺される」

「お優しいのですね」

「言っただろう。情に流されはしないが救える命は救う」

魔族が狙いを変えることを恐れ、事前に避難させることはしなかった。

だが、こうして魔物を引きつけることで被害を少なくできるし、何かあった場合に迅速な避難誘導ができるようにネヴァンの力と聖騎士の権限を使って準備していた。

「でしたら二つ目は？」

「一網打尽にするためだよ。一体一体潰していくより手っ取り早く安全だ」

戦ってみてわかった。

俺たちは四体もの雌を倒したものの、敵の危険性を再認識した。

長期戦や遭遇戦になれば、ディアやタルトは危ない。

「わかりましたわ。やっぱり頼りになりますの」

「それは、奴らを倒した後に聞きたい台詞《せりふ》だ」

角を曲がると、大通りとまでは言えないが比較的広い道にでる。

その背後に、獅子《しし》の群れが現れた。

いよいよ魔族のお出ましか。圧倒的な存在感を放つ雄獅子、魔族ライオゲルがいた。

雌も相当でかいが、それよりさらに一回りでかい。

今まで見た魔族はすべて人型だったが、ライオゲルは獣だ。

雌にはないたてがみは黄金に染まり、圧倒的な魔力を秘めている。

よくよく見ると大気中にあるマナを集めて蓄積しているようだ。

「追いつかれちゃいます！　足止めしましょうか？」

タルトが切羽詰まった声を上げる。

彼女の言う通り、かなり距離を詰められているし、次々に角を曲がって、後続も来ている。

こっちは一番足が遅いディアに歩調を合わせていることもあって、あと十数秒で追いつかれてしまうだろう。

「いや、いい。むしろ、好都合だ」

このままでは罠のあるポイントにつくまでに追いつかれるが、ラストスパートで数秒稼ぐだけで理想的なタイミングになる。

「ディア、ネヴァン、打ち合わせ通りに行くぞ。タルトはネヴァンを背負ってくれ」

「うん、そろそろ詠唱を始めるよ」

「いよいよ私の出番ですのね」

走りながら、ディアとネヴァンが詠唱を始める。

大魔法を発動するためにほぼすべての魔力をもっていかれ、身体能力強化ができなくなった二人は減速。

俺がディアをタルトがネヴァンを背負い、長距離走のフォームから短距離走のフォームに切り替えた。

人を担いでいることもあり、あまり長くは持たないが、全力で走れば十秒ほど追いつかれるまでの時間を引き延ばせる。

そして、その十秒があれば罠のあるポイントまでたどり着き、二人の詠唱も完成する。

俺とタルトは全力疾走の果てに、なんとか追いつかれず目標ポイントに到達。

背後には魔族ライオゲルと二十七体の眷属《けんぞく》。

道が長く広いおかげで、奴《やつ》らは一直線に並んでくれていた。

完璧なタイミングと状況。

「ディア！」

「【鋼鉄城壁】！」

詠唱を続けていたディアの魔法が発動する。

それはディアのオリジナル魔法。

広い道を塞ぐように、地下から巨大な鉄の壁がせり上がる。

生半可な高さであれば奴らは飛び越える。

しかし、ディアの【鋼鉄城壁】は厚さ五メートル、高さ十五メートルとふざけた規模のものだ。

これだけの規模であるがゆえに、長い詠唱時間と魔力を充分に練る時間が必要だった。

先頭を走っていた連中が派手に衝突、少し後ろで余裕がある連中はとっさの判断で飛び越えようとするが十五メートルもの壁は高く、飛び越えられず激突。

結局、玉突き事故が起きて大混乱。

それでも、油断はできない。

今はパニックになっているが、冷静さを取り戻せば、すぐにでも側面にある家を飛び越えればいいと気付かれてしまう。

だから、ここで畳み掛ける。

「【スタン・フレア】」

続いてネヴァンの詠唱が完成。

これも、ディアに概要を伝えて開発を依頼したオリジナル魔法。

それも光のオリジナル魔法だ。

ディアが光魔法を習得したのはつい先日だというのに、なんとか間に合わせてくれた。

人の頭ぐらいの光球が放物線を描いて壁を乗り越え、玉突き事故現場へと向かう。

「全員、鉄壁に背を向けて目を閉じろ！」

その一秒後、音も無く世界を白く塗りつぶすような白い閃光《せんこう》が放たれた。

【スタン・フレア】は、攻撃魔法じゃない。

鎮圧用の魔法だ。

その正体はただただ強烈な光。

だが、それをこの国でも五指に入る魔力の持ち主であるネヴァンが全力で放てばどうなるか？

目潰しなんて可愛《かわい》いものじゃない、網膜は一瞬で焼け切れ、視力を永遠に奪う。

言うならば、目殺し。ただでさえ混乱していた獅子の群れは目を灼《や》かれ、さらに浮き足立つ。

ディアの【鋼鉄城壁】で足止めして、【スタン・フレア】を叩《たた》き込《こ》んだ。

これでようやく、前提条件クリア。

「マスクをつけろ！」

次の指示を叫びながら顔全体を覆うマスクをして、上着に収納していた、スイッチを押す。

身動きが取れなくなった獅子の群れを囲む家々が吹き飛んだ。

予《あらかじ》め買収していた家であり、お手製の爆弾を仕込んでいた。

その爆弾もまた殺傷を目的としたものじゃない。

あの家に仕掛けられる規模の爆弾で魔族とその眷属を皆殺しにできると思うほど、俺は楽天家じゃない。

あの爆弾は音と臭いの爆弾。

街中のガラスが割れるほどの大爆音が響き、超強烈な刺激臭が世界を染め上げる。

これらも非常に強力だ。

この音は、鼓膜をぶち破り、脳を揺らし、三半規管を破壊し尽くす。

この臭いは、どんな屈強な男をも一瞬で失神させ、あまりの負荷に臭いを感じる細胞を壊してしまう。

もし、専用マスクがなければ、俺たちは一生、聴覚と嗅覚を失っていただろう。

爆発直後に詠唱をしながら【鋼鉄城壁】の向こうへ走りだす。

雌獅子の群れを突っ切るのに、素通りできている。

それも当然だ。

【スタン・フレア】で網膜を焼かれ失明し、罠で鼓膜は破れ、鼻も潰れている。

視覚、聴覚、嗅覚を潰されているのだから、何も見えないし、感じられない。

奴らの強みは優れた五感にある。良すぎる耳と鼻が仇《あだ》になり、ダメージは甚大。

俺の狙いは初めからそこにあったのだ。

殺しきれないなら傷を与えるより、確実な無力化を優先する。

ここまでお膳立てしたことで、眷属に邪魔されず魔族ライオゲルを狙える。

やつは魔族の力で再生しつつあるが、まだこちらが見えていない。

【鶴革の袋】から、特別製砲台を取り出す。

砲弾が７２０ミリと【砲撃】に用いるものの六倍。

そして先端が平べったく返しがついている。

そう、あくまでやつをふっ飛ばして眷属の再生を封じ、一網打尽にするためのもの。

貫通ではなく、肉に食い込んで、運動エネルギーを伝えてぶっ飛ばす設計。

ファール石を装塡《そうてん》しているため、詠唱中の魔法に全魔力を注いでいる今でも放てる。

「【砲撃】！」

特殊弾頭が射出される。

取り巻きだけじゃなく、魔族ライオゲルの目と耳と鼻も潰せており、まだ再生していない。

無条件であたる一撃。そのはずだった。

(さすがは百獣の王か)

内心で称賛を送る。

見えていないはずなのに、音速を軽く凌駕《りょうが》する速度の【砲撃】を右腕で弾いた。

「ミエテイルゾ!!」

弾いた右腕が吹き飛んだが弾は逸れ、やつは未《いま》だにそこに鎮座している。

まさか、防がれるとは。

驚いたが、おかげで保険を無駄にせず済んだ。

俺は【砲撃】直後に走っており、詠唱が終わると同時に、右腕がなくなったことにより
できた死角から魔族ライオゲルに触れる。

俺が走りながら詠唱していた魔法。

それは必殺の……。

「神槍【グングニル】」

火力だけなら、俺の持つ魔法の中で最強。

ただし、着弾まで十分以上かかる欠陥品。

だが、これには裏技じみた使い方がある。

それは槍を飛ばして当てるのではなく、敵そのものを射出すること。

敵を宇宙にでる寸前まで、舞い上げ、叩《たた》き落《お》とすのだ。

これを受けて無事な生物は存在しない。

勇者殺しの切り札、その一枚。

ただ、これは本来の使い方とは別の弱点がある。膨大な魔力が必要とされるがゆえに、身体能力強化に魔力を回せない。むろん、詠唱に時間がかかる弱点は据え置き。

素の身体能力で対象に触れなければならない。それも長い詠唱をしながら。

勇者との戦いでそんな真似《まね》をできる気はしない。

だが、戦闘ではなく暗殺でなら、戦いだと向こうが認識する前に触れることは可能。

現状にて、もっとも勇者を殺し得る可能性が高い手札。

「空の旅行を楽しんできてくれ」

「コゾオオオオオオオオオ！」

奴の叫びすら置き去りにしてどんどん加速して天に昇る。

やつは街の郊外に墜落し、確実に死ぬ、そして再生するだろう。

それでいい。

俺がほしいのは時間だ。

「タルト、ディア、ネヴァン。こいつらを皆殺しにして、火葬したら、奴が落ちてくるポイントに向かう」

ここにいるのは、目と耳と鼻を奪われ、再生能力も持たない無力な雌獅子《じし》だけ。

皆殺しにするのは容易《たやす》い。

そして、しっかりと灰にすれば魔族ライオゲルは再生させることができない。

しかも、俺は奴の墜落ポイントを計算できている。

邪魔な取り巻きを排除した状況で魔族ライオゲルと勝負できる。

「うわぁ、やってることほんとえげつないよね」

「さすがルーグ様です」

ディアとタルトが壁の向こうから顔を出し、会話しながらでも次々に雌獅子たちを始末していく。

「これが暗殺者の戦いですのね。どこまでも理詰めで、入念な準備をして、相手の長所を封じ続け、何もさせないまま殺す。素敵ですの」

群れとして強力なら、その機能を果たせなくする。

五感が優れているならそこを潰す。

真正面でやり合うのは騎士に任せればいい。

「今回は情報が充分にあった。情報があれば準備ができる。暗殺は殺す前にどれだけ積み上げたかが重要なんだ」

実際に刃を振るうなんてものはただの仕上げに過ぎない。

そこに至る過程こそが、暗殺者の実力。

そして、この眷属の虐殺すらも仕込みの一つにすぎず、今回の目的は魔族ライオゲルを殺すこと。

だからこそ、油断することはない。

魔族ライオゲルの息の根を止めるまでは。

Episode23

第二十三話　暗殺者は百獣の王に挑む

The world's best assassin, to reincarnate in a different world aristocrat

俺たちは危なげなく、眷属《けんぞく》たちを皆殺しにした。

周囲に立ち込める、強烈な悪臭を風で一気に天へと舞い上げ、ようやくマスクを外すことができるようになった。

今回用いた、光、音、臭いの兵器は使える。強者相手なら生半可な火力より、これらのほうがよほど有用だ。

「じゃあ、まとめて焼いちゃうよ」

炎の嵐が死体の山を封じ込め、燃やし尽くし、その灰が散っていく。

「これで大丈夫だね。自分で作ってなんだけど、【スタン・フレア】は思った以上にすごかったよ」

「私も驚きましたの。光魔法は火力に不満がありました。でも、こういう使い方もあるのですね。殺さないで無力化っていうのが素敵ですの！　使い道がたくさんですわ」

光の弱点は火力だ。

光に殺傷力をもたせるには凄《すさ》まじい光量が必要であり多くの魔力を使う。

また、範囲攻撃も苦手だ。なにせ、限界まで集約することで効率の悪さを補うのが基本なのだから。

【スタン・フレア】は威力と範囲という光魔法の欠点を補える魔法だ。

「雑談をしている余裕はない。あいつが落ちてくるまであと五分程度しかないからな」

あいつを飛ばしたときの感覚でわかった。

奴《やつ》の体重は四百キロ以上ある。

俺の【グングニル】は百キロの質量を舞い上げる前提の術式というか、それが俺の瞬間魔力放出量での限界。

【グングニル】を作った当初より魔力放出量が上がっており本来の【グングニル】より魔力を込めたが、上昇させる距離はかなり短くなる。

しかも、持ち上げた感覚から体重を逆算し、とっさに計算したものだから、いつもとは比較にならないほど精度が悪い。

だから、安全重視で三十キロほど離れた北東の広大な荒野、その真ん中を狙った。

多少ぶれようとも、周辺の街に大きな被害は出ないはずだ。

「急がないとダメだね」

「はいっ、逃げられちゃうかもしれません！」

「それはない気がする。ちらっと見ただけだから、確実じゃないが、あの魔族は眷属が殺されてやばいって考えるんじゃなく、敵を憎み、その血をもって贖《あがな》わせる、そう考えるタイプだ」

一瞬の邂逅《かいこう》の中で、目があった。

あれは百獣の王そのもの。

「どちらにしろ急ぎましょう。先手を取りたいですもの」

「そうだな」

俺たちは走る……のではなく、それではとても間に合わないので風の魔法を使う。

「全員、俺にしがみついてくれ。……もっとだ、よし、これならいけるな」

「これ、結構恥ずかしいね」

「はう、ルーグ様にぴったりくっつけるなんて」

「次はどう驚かせてくれるんですの？」

右腕にディアが、左腕にタルトが、背中にネヴァンが抱きついてくる。

傍《はた》からみたら、とんでもない絵面だ。

三人の美少女が密着し、それぞれに違った感触に意識が奪われそうになる中、詠唱に集中する。

なんとか詠唱が完成。

「【風乗り】」

突風で俺たちの身体が舞い上がり、空中で風のカウルに包まれて滑空し、さらに風を操り加速。

三人分荷物を抱えているため本来より速度は落ちているが、秒速１２０メートル、時速にすると４３２キロほどはある。

これなら、四分と少しで三十キロは進める。

いくら身体能力を強化しても、走りではこんなペースを維持できない。

「なに、この魔法!?　ルーグってば、いつの間にこんなの作ったの？」

「合間合間にな、面白いだろ」

「面白いのが嫌なの！　私もこれ研究したかったよ！」

「うわぁ、すごいです。お空を飛んでます」

「とっても気持ちいいですの」

昔は、土魔法でハンググライダーを生み出し、風を操り加速をさせていたが、そんなことをせずとも、今の俺なら風そのものに乗ることができると考え編み出した。

長距離飛行ともなると、物理的に機体を作ったほうがいいのだが、五分程度の飛行なら、こちらのほうが手軽でいい。

「魔族退治、順調だね。これならあっさり倒せちゃいそう。だって、群れが強みの魔族でしょ。こんなにあっさり眷属を倒せたんなら、本体だってささっといくよ」

「……それはどうかな」

一つだけ、どうしても気になることがあった。

蛇魔族ミーナは魔族ライオゲルは強い、俺では勝てないと言ったのだ。

だからこそ、助《すけ》っ人《と》を用意したとも。

今のところ、ライオゲルが圧倒的に強いとは思えないし、助っ人が現れる気配はない。

しかし、あれが嘘《うそ》を言うとは思えない。

何か魔族ライオゲルには隠された力がある。

そんな気がしてならない。

◇

落下予定位置から五キロほど離れた位置に到着。

俺たちがいるのは、北東の荒野、その南西。

中心に落とすようぶちかましたのだが、今回のは精度が悪いので、距離をとっているのだ。

その分、すぐに走り出せるように準備をして、トウアハーデの瞳に魔力を込め周囲を警戒している。

……予想着弾まであと、二十秒ほど。

上を見上げたくなるが、【グングニル】の速度は、トウアハーデの瞳ですら捉えきれるものではなく、着弾してから反応するしかない。

カウントを続け、その時間がきたが落ちてこず、三秒後に予想着弾地点から、南に四キロほどずれた地点に着弾。つまり、俺たちの一キロほど前。

余裕をもっていて良かった。

爆音と共に、土砂が舞い上がり、巨大なクレーターができ、土壁の津波が起きる。

いつもより高度は低いとはいえ、質量が大きい分、威力はほぼ同じ。

予《あらかじ》め準備していた詠唱を終え、目の前に鋼鉄の壁を用意する。

ディアがさきほど足止めに使った【鋼鉄城壁】。

俺たちに届くころには、だいぶ威力が弱まっていたが、それなりの衝撃はあった。

「行くぞ、やつはすぐに再生する」

あの惨状だと確実に死んでいるだろうが、【魔族殺し】なしには再生し続けるのが魔族なのだ。

「今回はルーグも前なんだ」

「気になることがあってな」

俺より強い、という言葉が正しければ、タルトでは足止めができずに殺されてしまう。

俺が前に出る分、魔族の核となる【紅の心臓】を砕く役はネヴァンに任せていた。

そのために必要な手札を彼女には渡してある。

「では、がんばってくださいませ」

ネヴァンが俺たちから離れ、マントを羽織る。

俺のお手製であり、事前に荒野と一体化するように色を塗り、人の匂いを消すように工夫したもの。防御力も極めて高い。

狙撃役を任せる彼女への餞別《せんべつ》だ。

◇

ネヴァンを除いた三人が、魔族を使った【グングニル】の着弾ポイントにたどり着く。

巨大なクレーターの中に、雄獅子《しし》……魔族ライオゲルがいた。

その場に座り込み、遠吠《とおぼ》えをしている。

「GYAOOOOOOOOOOOOOOOOOOOOOOOOOOOOOONN」

どこか、もの悲しそうな声。

雌を失った悲しみか。

とはいえ、同情はしない。隙だらけなのだから、遠慮なく先手をもらう。

ディアに目配せすると、彼女は詠唱を始めた。【魔族殺し】は射程が短く、これ以上近づけば当てる前に気付かれる。

だから、使用するのは目潰し、【スタン・フレア】。

あれなら、最大で五十メートルまでは先へ飛ばせる。

同時に俺は【魔族殺し】を詠唱。

目を潰して混乱させ、【魔族殺し】を叩《たた》き込《こ》むプラン。

「【スタン・フレア】！」

ディアの詠唱が完成する。

ネヴァンの放ったものよりも完璧な魔法。

光球が放物線を描きながら、奴のもとへ行き、膨れ上がる。

しかし……。

「GRYYYYYYYYYYYYYYYYYYYYYYYYYYYYYYYYYYYY」

爆発直前に、魔族ライオゲルが咆哮《ほうこう》した。

信じられないことに、その咆哮は空気の層を捻《ね》じ曲《ま》げ、捻じ曲げられた空気の層が光を屈折させた。

ただ防がれただけなら驚かない。

完全に、【スタン・フレア】の仕組みを理解したうえで、完璧な対応をした。想定以上の知性。

奴がこちらを向く。

「コエガキコエナイ、オレノオンナ、ヘンジシナイ、オマエラカ、オマエラガ、ヤッタノカ」

殺意に満ちた声。

生物的な本能が警鐘を鳴らし、無意識のうちに後退《あとずさ》る。

理性を鍛え上げ、本能を御する術に長《た》けている暗殺者《おれ》を、恐怖で動かしただと？

「オレノチカラ、カエッテクル、ミンナ、モウ、イナイ」

魔族ライオゲルの身体が、どんどん膨らんでいく。

筋肉が盛り上がり、瘴気《しょうき》と魔力が溢れだし、たてがみはさらに長く伸びる。

いったい、何が起こっている？

このままじゃやばい、反射的に拳銃を引き抜き、連射する。

再生されるのはわかっている。それでも、この変態を見逃せば、取り返しがつかなくなる気がした。

全弾命中。だが、盛り上がる筋肉で食い込まない。

ついには、ライオゲルが立ち上がった、丸太のように筋肉で膨れ上がった後ろ足が伸び、逆に胴体は縮み、前足は指が伸びて人間のものに近くなり、爪は伸びるだけじゃなく分厚く、鋭くなり、まるで一本一本が黒い剣。

その姿は、まるで獣人。

奴が跳んだ。

なんて速さ、俺を凌駕《りょうが》している。これじゃ、エポナクラスだ。

狙いは右での膝蹴り、速すぎて回避が間に合わない。

クイックドロウで弾倉に残った弾丸すべてを吐き出しながら同時に回避。

弾丸は筋肉で止まるが、その衝撃で速度が鈍り、ぎりぎり躱せた。

奴《やつ》は勢いあまって、遥《はる》か彼方《かなた》で着地。

「許さない。おまえを殺すのは最後だ。手足を引きちぎって、目の前で、おまえの女を一人ひとり犯しながら喰《く》らってやる」

さっきまで片言だったのに流暢《りゅうちょう》にしゃべっている。

……なるほどこういうことか。

本人はさほど強くないが、群れが脅威というのは、間違っていないが正しくなかった。

雌一体一体に己の力を分け与えることで個の強さを捨てる代わりに群れとしての強さを手に入れた。

そして、雌が死ねば、分け与えていた力が返ってきて個の力を取り戻す。今のライオゲルこそが真の姿。

蛇魔族ミーナは知っていて隠したのか。

「ふう、予定が狂ったな」

なら、修正しよう。

俺には、問題に対処する力がある。

加えて、おそらくだがこちらに有利なイレギュラーも現れる。

蛇魔族ミーナの性格を考えると、ライオゲルが持つ真の力を言わなかったのは演出であり、自分の玩具《おもちゃ》をもっとも自慢できるタイミングで、あいつを送り込んでくるためだろうから。

Episode24

第二十四話──暗殺者は友と再会する

The world's best assassin, to reincarnate in a different world aristocrat

魔族ライオゲルは想像していた以上にやばい。

タルトと頷《うなず》き合うと、俺たちは同時に首筋へと特製の注射器で薬を打ち込んだ。

短時間だけだが、脳を活性化させると同時にリミッターを解除する。

世界がゆっくりと流れ、身体能力及び瞬間魔力放出量が増加する。

圧倒的な力ではあるが諸刃《もろは》の剣だ。

脳のリミッターというのは飾りでついているわけじゃない、無視すれば強烈な反動がくる。

しかも薬の効果時間は短く、使い続ければすぐに耐性がついてしまう。

これは切り札に分類され、滅多《めった》なことがなければ使用しない。

そして、今はその滅多なことが起こっている。

魔族ライオゲルはたてがみをなびかせながら、俺でなくタルトを狙う。

タルトからキツネ耳ともふもふのキツネ尻尾が生える。これもまた、短時間しか使用できない切り札。

さらには、【従者の献身】まで使った。検証の結果、三分弱しか使えない力を。

タルトもわかっているのだ。出し惜しみ＝死だと。

タルトは回避を選ばない、槍《やり》を正面に構えての突進。

タルトの背後で、風が爆発する。ディアが開発した、超短詠唱の風魔法をロケットにしたのだ。

「猫なんて、キツネの餌です！」

【獣化】の副作用で好戦的になっている。【従者の献身】の副作用で攻撃的な思考が俺に伝わる。

タルトの瞳は肉食獣のそれ。

【獣化】したタルトは非常に愛くるしい姿に似合わず凶暴になる。

槍はいつものものとは違った。

いつもの槍は使用人服に隠すため、柄の部分が分割され、先端のアタッチメントにナイフを接続するという形をとっていた。

隠し持つために強度と性能は犠牲にしている。

しかし、先日の兜蟲《かぶとむし》魔族との戦いで火力不足を思い知らされた。

だからこそ、携帯性ではなく破壊力を重視した武器に新調している。

槍の先端が超高速回転する。

ファール石を埋め込み動力とし、ドリルのように穂先が超高速回転する仕組みだ。

加えて、その穂先は考えうる限り最硬度の合金を使っている。

それによりダイヤモンドすら穿《うが》つ魔槍が実現した。

そんな魔槍が、脳のリミッターを外し、風のロケットで自らを打ち出し、さらには【獣化】と【従者の献身】をも使い強化された身体能力をもって放たれる。

突進の勢いだけじゃない、インパクトの瞬間、腰と腕の力をも乗せた渾身《こんしん》の一撃。

ライオゲルの爪よりも槍のほうが長い分、先に着弾。

ライオゲルは避けようと思えば、避けられたはずだが、鋼の肉体は女の槍には穿てないというおごりから、そのままぶつかった。

だが、それは悪手だ。タルトの槍は特別製。

俺の拳銃すら弾いた鋼鉄の体をえぐり、穿っていく。

しかし……。

「うそ、ルーグ様の槍が」

「我が肉体に傷をつけるとは、なかなか強い雌。うまそうだ」

ライオゲルの胸を貫《つらぬ》いた槍は心臓手前で回転が止まった。

やつが筋肉で押さえ込んだのだ。

そのまま、両腕を広げたライオゲルが、抱きしめるようにして両側から爪でタルトを狙う。

「舐《な》めないでください！」

タルトが槍に隠された機構を使うべく、柄をひねる。

すると轟音《ごうおん》と共に、穂先が射出された。

あまりの反動に撃った本人は五メートルほど吹き飛ばされ、ライオゲルは胸を貫かれながら吹っ飛ぶ。

タルトは着地と同時に予備の穂先をつけ、ライオゲルは数メートル先にある岩に磔《はりつけ》となった。

穂先にはかえしがついており、肉を縫い止め固定されているからこそ体内に弾丸が残り磔となったのだ。

「新型の槍、とっても便利です！」

新型は槍であり、超大型口径の銃でもあるのだ。

穂先自体に回転機構とファール石を埋め込み、普段は回転槍として使い、いざというときには埋め込んだファール石を起動して【砲撃】を行う。

タルトの戦闘スタイルを考えたうえでこうした。

タルトはあまり射撃が得意じゃない。こいつはぶっ刺して、ぶっ飛ばすという、おおよそ砲というものを冒瀆《ぼうとく》するような運用が基本となっている。

(やるな)

内心で、こんな色物武器を使いこなしたタルトを称賛しつつ、走る。

俺は観客ではない。

俺の役割は、ディアが確実に【魔族殺し】を当てられるだけの隙を作ること。

礫になっている奴に向かって疾走しつつ、詠唱を完成させる。

【高速詠唱】、そのさらに先へと踏み込んだ【多重詠唱】により二つの魔法を同時に使用していた。

ライオゲルはかえしがついている槍の穂先をわずらわしそうにしながら握ると、自らの肉を引きちぎりながら引き抜き、俺を睨《にら》みつける。

「GAAAAAAAAAAAAAAAAAOOOOOOOOOOOOOOOOOO　!!」

咆哮。

それはただの威圧ではなく、魔力が込められた衝撃波。

身体が浮き上がり、吹き飛ばされそうになる。

しかし、ぎりぎり詠唱は間に合い、射程に入った。

「【風檻】、【氷獄】」

二つの魔法を放つ。

一つ目、敵の周囲を二酸化炭素で覆い尽くし一瞬にして敵体内の酸素を奪い尽くす風の魔法。

二つ目、敵の周囲を分厚い氷で埋め尽くし拘束する水の魔法。

本命は二つ目なのだが、周囲が氷で埋め尽くされている間、奴がおとなしくしているわけがない。

だから、【風檻】で動きを止め、その間に【氷獄】で固めるのだ。

目論見《もくろみ》どおり、一瞬で酸素を奪いつくされ失神し、氷が周囲を埋め尽くす。

氷の分厚さは五メートル。

これならば、動けはしない。

まず、これはただの氷じゃない。絶対零度の氷であり、その超低温だけで動きを止める。

次に、中からぶち破るにも全身をがっちりと氷で押さえ込んでいる。どれだけの馬鹿力があったとしても動きの始点を完璧に押さえつけられればどうにもならない。

『さすが、ルーグ。あとは任せて』

ディアが俺を追い越しライオゲルへと向かいながら、眼《め》で意図を伝えてくる。

【魔族殺し】の詠唱は最終段階に入った。

【魔族殺し】は氷を透過する。今ならば当てられる。

俺のほうも多重詠唱により、複合魔法を唱える。

放つ魔法は【レールガン】。

今回の狙撃役はネヴァンであり、今も狙いをつけているが、保険は必要だろう。

飛ばす【魔族殺し】の着弾と共に、ネヴァンの狙撃と【レールガン】が奴の【紅の心臓】を襲う。

ディアの詠唱が完成し、勝利を確信した。

そのときだった、背筋がぞわっとする。

第六感が警鐘を鳴らし、【レールガン】の詠唱をキャンセルし、ディアの首根っこを摑《つか》み、後ろにかばいつつ、ファール石を前方に投げ指向性爆発を命じる。

「きゃっ、どうしたの⁉」

俺が後ろから引っ張ったせいでディアが尻もちをついて、飛ばす【魔族殺し】を外した。

さらには、ファール石の爆発なんてぶち当てたら、せっかく氷で拘束したのが台無しになってしまうだろう。

わかっていてこうした。いやな予感がしたというだけで。

暗殺者の勘というのは、オカルトめいたものじゃない。

暗殺者は五感すべてで常に周囲を探っているからこそ、どんな些細《ささい》な前兆も拾う。

本来ならその前兆を検証し、危険性があるかどうかを考察し、対策を立案、実行するべきかどうかの判断をして行動に移しているが、それで間に合わないことも多い。

それを、膨大な経験則から、考える時間をすっ飛ばして結論を出し、反射的に行動する。

それこそが暗殺者の第六感なのだ。

「当たりだったな」

ファール石がひび割れ、指向性の爆発で爆煙と金属片を撒《ま》き散らすのと同時に、氷が内側から爆発しその破片が散弾のように飛来した。

二つの強大な力がぶつかり合い、周囲に破壊の爪痕が刻まれる。

判断が遅れていれば、俺とディアは氷の散弾で致命傷をもらっていた。

そして……。

「ちっ」

すぐ真下に限界まで姿勢を低くして突っ込んできたライオゲルがいた。

爪を俺にむけて振り上げている。奴《やつ》の身体は傷だらけで火傷《やけど》し、金属片が突き刺さり、肉が抉《えぐ》れている。

このタイミングでここまで距離を詰められたのは、氷の散弾とファール石の爆発が終わった瞬間の突進なんて生易しい手段じゃない。

あの超威力のぶつかりあいを突っ切ってきたとしか考えられない。

無謀を通り越して自殺行為、だが、だからこそ俺は不意を打たれてしまった。

轟音、光、土煙、ほとんどの五感を潰され、暗殺者の勘すら働かないタイミング。

だめだ。

この速さ、タイミング、かわせない。

せめて、致命傷は避けないと。

……そう思った瞬間、俺に向けて振るわれたライオゲルの右腕、その右肘から先が光に貫かれて飛んでいく。

俺の顔面すれすれを肘から先を失った奴の右腕が通り過ぎていき、すかさずカウンターで奴の口にファール石を放り込み、打撃というより押す要領での蹴りで距離を取る。

奴の口内でファール石が爆発し、胸あたりまで吹っ飛ぶ。

それを見届け、距離を取り、タルト、ディアと共に陣形をつくる。

「ネヴァンに助けられたな」

奴の右肘から先を吹き飛ばしたのはネヴァンだ。

【魔族殺し】のあとに心臓を貫くはずだった一撃を使ったのだろう。

あれがなければ大怪我《おおけが》をしていた。

「あの距離で当てるなんてさすがです。……全員無事で良かった。でも、ちょっとまずいですね。そろそろ、薬も【獣化】も切れそうです。あれ、強すぎます」

「うん、強いね。あれ」

強い、単純に。

まさか、あの氷の牢獄《ろうごく》を魔力と瘴気《しょうき》を爆発させぶち破るとは。

そして、理不尽で圧倒的なまでの身体能力と防御力。

……こっちは、短期決戦前提で全リソースを使っているのにかろうじて互角。

奴の首から上が戻る。

この時間で新たな策を考えたが、この策が通じなければ終わりだ。

ライオゲルを注視し、仕掛けるタイミングをうかがう。

しかし、奴は思いもよらない行動に出た。

全力疾走、俺たちを無視してだ。

あの方向はやばい。


「【砲撃】」

【鶴革の袋】から、弾丸及びファール石を装塡済《そうてんず》みの【砲撃】を放つが、奴は回避した。

さきほどまでのあえて受ける傲慢さがない。

後ろに抜けられ、しかもこの距離。

追いつくことも攻撃を当てることも厳しい。

そして、奴の目的は狙撃手を潰すこと。

先の一撃で、ネヴァンの存在に気付き、鬱陶しい狙撃手から先に潰すと決めたのだろう。

距離を詰められたことでネヴァンが狙撃を開始する。光の一撃故に奴へ命中はするし、貫通力に優れるが故に貫きはする。

しかし、あまりにも細い光であり、傷は小さく、奴は再生しながら突き進んでいく。

ネヴァンが珍しく焦り、顔を歪《ゆが》める。

彼女に、あれを倒すすべも、俺が到着するまで時間を稼ぐすべもない。

このままだと食いちぎられる。

「くそっ」

舌打ちをしながら、走る。

だめだ、今からネヴァンを救うのは不可能……。

いや、考えろ。仲間を見殺しにできるわけがない。

そのときだった。

遥《はる》か上空から黒い大剣が降り注ぎ、ライオゲルの眼前に突き刺さる。

ライオゲルの頑強さを考えれば、無視して突っ込めばいいのに足を止めた。

そして、大地に突き刺さった剣の柄に黒尽《くろず》くめの男が着地する。

腕を組み、マントをはためかせながら。

ライオゲルも足を止めるはずだ。

なんて、禍々《まがまが》しく凄《すさ》まじい力をもった剣なのだろうか。……かつて出会った【神器】グングニルすら凌駕《りょうが》する。

そんな俺の疑問に答えるものはおらず、剣の持ち主とライオゲルが向かい合っていた。

「だれだ貴様。同類か？　我らと同じ匂いがする」

「同類、ふっ、そう見えるか。この僕も堕《お》ちたものだな」

顔まで覆う衣装のおかげで、確信はもてなかったが、声を聞いて確信した。

この圧倒的な力を持つ剣の持ち主は彼だ。

……来るとは思っていたが、このタイミングか。

「邪魔をするな。我は、あの男の手足を引きちぎり、奴の前で、女どもを犯しながら食わねばならん」

「させないよ。彼らは僕の友人だ。それに、彼女は特別なんだ」

「なら、我が爪牙《そうが》の餌食になるといい」

「引き立て役の分際でよく吠《ほ》える。君はちょうどいい噛《か》ませだ。僕はここで証明する、僕はもうルーグの後ろを追いかけるだけの存在じゃないことを」

黒尽くめの剣士が、剣の柄から飛び降り、剣を引き抜く。

「さあ、刮目《かつもく》せよ。闇に堕ち、いや、闇を統べることで得た僕の力を。そして、僕の名を刻め。僕の名は暗黒勇者ノイシュ！」

高々と、まるで劇場で役者がそうするように陶酔した声で己の名を宣言する。

そして、獅子《しし》と暗黒勇者は切り結んだ。

「なんて、むごい」

変わり果てたノイシュを見て、呆然《ぼうぜん》とし声を漏らす。

蛇魔族ミーナ、許さない。

俺の友人をあんなふうにしてしまうなんて。

拳をぎゅっと握りしめる。

……玩具にするとはこういうことか。

俺は彼を止められなかった。

いや、後悔は後にしよう。今はただ、やるべきことをする。魔族ライオゲルを倒すことだけを考えるのだ。

そして、この戦いが終われば、全技能をもって治療する。

それがノイシュを救えなかった俺ができる唯一の贖罪《しょくざい》だから。

Episode25

第二十五話──暗殺者は共闘する

The world's best assassin, to reincarnate in a different world aristocrat

再会したノイシュは変わり果てていた。

変わっているのは服装だけでなく中身だ。

瘴気が内側から漏れている。

つまり、魔物や魔族の類になってしまったということ。

蛇魔族ミーナが玩具《おもちゃ》にすると言ったのは、こういうことだったのだ。

こうなってしまえば、ノイシュに帰れる場所などない。

「人間を辞めてまで強さを求めるのか」

その前兆はあった。

ノイシュと出会ったばかりのとき、彼は自分が特別な存在だと疑っていなかった。

だが、勇者の理不尽な力を目の当たりにして絶望した。

その後、彼は自分と同格と思っていた俺が活躍したことに嫉妬し、個の力で勝てないなら騎士団を作り上げて自分の価値を示そうとした。

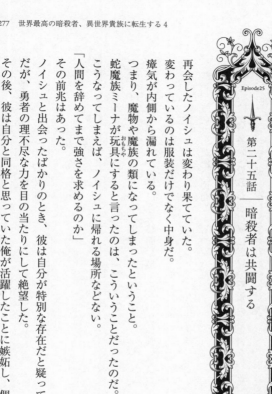

しかし、それすらも俺が否定してしまった。

……その結果がこれだ。

彼をこうしてしまったのは俺かもしれない。

◇

ネヴァンの許《もと》へやってくる。

「大丈夫だったか？」

「少し、肝が冷えましたの。でも、傷つきましたわ。ルーグ様ったら、あんなに血相を変えて……私はルーグ様が救援にくる時間を稼ぐぐらいには強いですのよ？」

「悪い、過小評価していたようだ」

ネヴァンは性格上、自身を過大評価しないし、自分を大きく見せたりしない。

なにせ、彼女はまだ俺の仲間でいるつもりだ。

もし、俺がネヴァンの評価を見誤れば、彼女を含めたチーム全体の命を危険に晒《さら》す。

頭のいい彼女がそのことをわからずに、見栄《みえ》を張ることはない。

今度、組み手でもしてみよう。そこで力を測る。

過大評価は危険だが、過小評価もまた危険だ。

「ノイシュは強くなったな」

俺とネヴァンは並んでノイシュの戦いぶりを見る。

彼は一人でライオゲルと互角に打ち合っていた。

観客に徹しているのはわけがある。

援護をするにしても、今のノイシュが持つ力量を知らなければ、互いに危険だ。

まずは力量を把握する。

同時に致命的な隙ができればいつでも仕掛けられるように全員が準備している。

タルトは雷撃を槍《やり》にまとわせ、ディアは【魔族殺し】の詠唱を準備し、ネヴァンは俺が渡した武器を併用した光魔法の発射態勢を整えていた。

「すごい剣ですの」

「そうだな、禍々しくて強大だ。あれは装備なんかじゃなくて、剣の形をした魔族だと言われても信じてしまいそうだ」

「馬鹿な幼馴染《おさななじ》み、いいえ大馬鹿な幼馴染みの剣技は一流以上、超一流未満のまま、身体能力もあがっていますが、規格外と比べると誤差。魔力での身体能力強化技術は以前と同じく拙いまま、いろいろと残念な感じですわ。でも、あの剣から流れ込む出力は異常すぎて化け物と斬りあえてる。なにより……」

「魔族を斬れて、再生させない。あんな武器があるとはな」

ノイシュが持つ黒の大剣は凄まじい。鋼すら容易《たやす》く切り裂くライオゲルの爪を受けて、傷一つつかない。

持ち主を瘴気《しょうき》の力で強化し、さらにはライオゲルの肌を切り裂くだけの斬れ味を持ちながら、魔族の再生を止める力まである。

おそらくは、ノイシュ本人が受けた改造というのは、強さを求めたものではなく、あの魔剣を使用可能にするためのもの。

明らかにあの魔剣はオーバースペック。

魔法の力を込めた装備というのは【神器】を研究することで、単純な動作なら実用化することができた。その成果がタルトの槍。

しかし、【魔族殺し】のような高度な魔法を実現させられる気はまったくしない。

そもそも、あの無限に湧き出る力はなんだ。

「……まあ、だいたい理解した。加勢してくる。あのままじゃ負けるしな」

「でしょうね。あの魔族、学習能力が異常ですの。この時点で互角なら、負けるのは時間の問題ですわ」

ネヴァンが断言する。

俺も同意見だ。ライオゲルの頭脳は脅威だ。

薬はすでに切れて、瞬間魔力放出量は通常時に戻った。

それでもノイシュと力を合わせれば戦える。

ノイシュが加勢に向かうのと同時にタルトたちへ目線とサインで指示を出す。

俺の読みどおりだと、彼女たちの力が必要となるからだ。

◇

銃を構える。

ノイシュは身体能力が強化されていても、技量は以前のまま。むしろ、力を御しきれず振り回されている分、単調になっていた。

俺なら数手先まで読むことができる。

構えたのは【鶴革の袋】に収納してあった、ライフル。

拳銃に比べて大きい分、大口径の弾丸が使用可能。

込められたファール石パウダーの量は段違いであり、これならばライオゲルの肉体も貫《つらぬ》ける。

息を吸う。

トウアハーデの瞳を強化。

俺が見るのはコンマ数秒後の未来。そうでないと、この状況で援護などはできない。

近接戦闘で、激しくぶつかり合い、立ち位置が変わる中、敵だけに当てるなんて真似《まね》は、常人では不可能。

だが、俺は常人ではない。

反則的なトウアハーデの瞳がなくとも、前世では時速150キロで走る車に乗りながら、すれ違った新幹線の窓ごしにターゲットを狙撃してみせた。

ノイシュの動きも、ライオゲルの動きも把握し、先が読める。ならあとは、射撃精度とタイミングの問題だけなのだ。

「……」

無言で弾丸を放つ。

その弾丸は、ノイシュの攻撃を読み、カウンターを放ったライオゲルの顔面に命中して、頭をふっとばした。

むろん、ノイシュの魔剣とは違い、こっちはただの鉛玉。

すぐに再生する。

この狙撃だけでは意味がない。

しかし……。

「いい援護だよ！」

ノイシュが無防備になったライオゲルを袈裟《けさ》斬りにする。

そう、隙さえ作ってしまえば、あとは勝手にノイシュがダメージを与えてくれるのだ。

ライオゲルの吹き飛んだ頭が再生するが、肩から脇腹にかけて深々と刻まれた傷は癒えず、とめどなく血が流れている。

魔族が血を流す姿は新鮮だ。血を流し続ければ、魔族といえど動きが鈍るのか気になるところだ。

「ほらほらほら、僕の力を思い知れ！」

なるほど、再生できない状況であれば生物共通の弱点は無視できないのか。

目に見えてライオゲルの動きが鈍くなっていた。

それでも的確な動きをするあたり戦いなれている。

形勢が逆転し、調子に乗ったノイシュが大ぶりしたところを、ライオゲルが最小限かつ最短距離を走る突きで喉を狙う。

いい攻撃だ。あれならノイシュの剣より先に届く。

もし、俺がいなければ逆転勝ちしていただろう。

しかし、そうくることは読んでいた。

……俺の弾丸が奴《やつ》の腕を根本から吹き飛ばし、ライオゲルがバランスを崩した。

「はあああああああああああ！」

ノイシュは裂帛《れっぱく》の気合いと共に、横薙《よこな》ぎの剣を振るう。

気合いというより、俺が助けなければ殺されていたという恐怖と恥辱を吹き飛ばそうとするかのような叫び。

それ故に雑な一撃となり、ライオゲルは体勢を崩しながらでも致命傷を避けることができた。

「あいつ……」

ノイシュの技量は変わらないと思ったが訂正だ。

力に振り回されて、気が大きくなり、注意深さが欠けている。

俺が援護しなければ二度殺されていたし、いつものノイシュなら取り乱さず、二度目の隙できっちり致命傷を与えていた。

ライオゲルが後ろへ跳び、ノイシュが必死になって追いかける。

ノイシュにはあれが誘いだということもわかっていない。

「GAAAAAAAAAAAAAAAAAAAAAAAAAAOOOOOOOOONNNNNNNNNNN」

傷ついたライオゲルが、飛びかかってきたノイシュに衝撃波を伴う咆哮《ほうこう》を放った。

ノイシュが吹き飛び、体勢を崩す、にも拘《かか》わらず隙だらけのノイシュを放置し、血を流しながら、俺のほうへまっすぐ向かってくる。

「貴様さえ倒せれば！」

奴はノイシュより、俺のほうが危険だと判断している。

奴の目は銃口に集中している。

油断なく、放たれた弾丸を躱《かわ》せるように。

賢明な判断だ。しかし、愚かでもある。

その極限の集中力なら、弾丸を見て躱すだろう。しかし、それは肉食獣の集中力、つまり見ているものしか見えていない。

（すなわち、死角からの攻撃に無防備）

こいつがこういう動きにでることは読めていた。

読んでいる以上、対策はしている。

銃を持たない左手で手榴弾《しゅりゅうだん》を取り出し、投げる。

銃口に意識を向けているからこそ、ライオゲルの反応が遅れた。

空中で爆発。

それは、罠《わな》にも使った音響爆弾。

ライオゲルがあまりのショックに棒立ちになり、鼓膜がやられ、耳から血を流している。

動きを止めたのにはわけがある。

「このときを待ってました！」

やつに気付かれないよう、少しずつ俺に近づいていたタルトが脇腹へと雷撃をまとった槍を突き刺す。

体内から電流で蹂躙《じゅうりん》し、感電させることで強制的な行動停止。

音響爆弾から立ち直りかけていた奴の自由を再び奪う。

「【魔族殺し】。もう、待ちくたびれたよ」

ディアの【魔族殺し】により、奴の【紅の心臓】が具現化し、赤く光り輝く。

超高難易度の術式を完璧にディアは詠唱していた。

動きを止め、殺せる状態にした。ならば、やることは一つ。

「【聖光増幅砲】」

そして、とどめはネヴァンの狙撃。

俺が作った道具で、光の魔力を溜《た》め込《こ》み放つ、強化光魔法。

光魔法の出力問題を予《あらかじ》め、大量に魔力を注いでおくことで解決するシンプルな道具だ。

フルチャージであれば、威力不足に悩まされる光魔法であっても充分な威力を発揮する。

その一撃は光の速さで、【紅の心臓】を貫いた。

初めからノイシュは囮《おとり》にすると決めていた。無理に俺を狙わせて、そこにつけ込み隙を作る。

その隙を狙った作戦を、タルトたちに伝えていたのだ。

ライオゲルの心臓にぽっかり穴が空き、存在が薄れていく。

「あが、きっ、きさま、きさまさえいなけ」

「そうだな、俺がおまえを殺した」

必死に俺へと爪を伸ばし、届く前に奴は光の粒子になって消えていった。

ライオゲル、おまえは強かった。

一歩間違えれば負けていただろう。奴と俺との違いは、事前に情報を得て対策を行ったかどうか。真正面からぶつかりあえば俺たちに勝ち目はなかっただろう。

奴へと追悼を捧《ささ》げる。そこに拍手の音が鳴り響く。

「これが、【聖騎士】であるルーグの力、そして、その従者たちの力だね。ただの人間にしてはよくやるよ」

拍手の元はノイシュ。

よく知る、彼らしい優雅で気品のある笑顔で、瘴気を撒《ま》き散らしながらやってくる。

いや、俺の知る笑顔じゃない、彼はこんなにも上から見下ろす人間じゃなかった。

「話をしようか。ノイシュが消えてからいろいろあったんだ」

「ああ、いいね。僕もルーグに話があるんだ」

変わってしまった友にかける言葉を探す。

彼の心に届く言葉を。

……また、かつてのように笑い合うために。

エピローグ　暗殺者は友を見送る

Epilogue

The world's best assassin, to reincarnate in a different world aristocrat

ノイシュと向かい合う。

魔族を倒した今、邪魔者はいない。

心配そうにタルトとディアが少し離れたところから俺たちを見ていた。

「まさか、ノイシュがそんなふうになるとはな」

俺の言葉を聞いたノイシュは苦笑しつつ、若干の苛立《いらだ》ちを込めて見てくる。

「どうして、僕を憐《あわ》れむんだい？」

「憐れみもする。その体で人の世界で生きていけるものか。……わかるものにはわかる。その身に纏《まと》う瘴気《しょうき》がな」

魔力を感知できるものがいるように瘴気も感知できるものがいる。

そして、国の中枢ほど瘴気に対して警戒が強い。

少なくともノイシュは貴族として生きていくことはできない。

ただの人間が相手でも瘴気は本能的な忌避感を与えてしまい、このままでは人間社会からはじき出される。

「そんなことか。この力の前には些細《ささい》なことだよ。見ただろう、僕は君たちの誰より強い」

「だろうな。だが、それに大した意味はない」

剣を装備したノイシュの武力は俺より上であろう。

だが、だからどうだと言うのだ？

真正面から戦えば不利だろうが、あの剣を装備していない状況で襲いかかれば圧倒できる。

剣を装備していたとしても、一定以上の距離があれば一方的に殺せるだろうし、距離を詰められたとしても逃げるぐらいはできる。

逃げたのちに一度隠れ、不意を打って殺すことも可能。

力というのは絶対的なものではない。俺からすれば人でなくなる代償としてはあまりにもちっぽけすぎる。

「君は僕に嫉妬をしているんだ。ずっと、腹の底で僕のことは見下していたんだろう。学園では力を隠して、調子に乗っている僕を嘲笑《あざわら》っていたんだ！　さぞ、僕は滑稽に映っていただろうな。そんな僕が君を超えたから、そうやって言いがかりをつけてくるんだ」

「見下したことなんてない。むしろ、尊敬すらしていた。……だが、今のおまえは滑稽に見えるよ。借り物の力を振りかざして、虚勢を張っている憐れな男だ」

「ルーグ！」

　ノイシュが剣に手をかけた。

　これ以上、減らず口を叩《たた》くと斬る、それを態度で示している。

「そういうところが滑稽だと言っているんだ。安い脅しだ。おまえは強くなったかもしれない。だが、もっと大事なものを失った。目を覚ませ。その強さを得て、おまえは何をしたいんだ？」

「……黙れ」

「俺に言ったよな。腐った国を変えてやる、そのために力を貸してくれと。そんなふうになって、国を変えられるのか？　強いだけの個人が変えられるほど国というものは単純じゃない。それがわからないおまえじゃないだろう？　以前のおまえは力なんてものは手札の一つだと考えて、自分にできないことができる仲間を集めた。おまえには人を惹《ひ》き付ける魅力があったからこそ優秀な人間が集まった。そんな借り物の力よりよっぽど尊く見えていたよ」

「黙れと言っている！」

　剣を抜き、斬りかかってきた。

　タルトとディアが慌てて駆け寄ってくる。

　そんななか、俺はただノイシュを見つめる。

「なぜ僕が剣を止めるとわかった」

「殺気がなかったからな」

剣が額に当たる直前で止まっていた。

「悪かった、僕はこんなことをするつもりじゃ……」

ノイシュは剣を鞘《さや》に納め、顔を手で覆う。

彼は、瘴気を身に宿した反動で直情的になっているのだ。

でなければ、あの余裕と気品に溢《あふ》れたノイシュがこんなことをするはずがない。

ノイシュに向かい手を伸ばす。

「俺と一緒に来い、人間に戻してやることはできない。だけど、瘴気の隠し方ぐらいは教えてやれる」

ノイシュの垂れ流す瘴気は歪《いびつ》で不安定、まるで制御できていないのは見てとれる。

だが、それは制御できうると確信があった。

瘴気の性質は【魔族殺し】の研究中におおよそ把握していた。

それだけでなく、蛇魔族ミーナを観察するなかで、やつがどうやって瘴気を隠しているのかも見抜けた。

操作方法についてアドバイスもできるし、それを補助する道具も作れる。

人間に戻すことはできなくとも、人間の世界に溶け込めるようにはしてやれる。

「……なんで、そんなことできるなんて聞かないよ。ははは、駄目だな、強くなって君を見返すつもりだったのに、君と話せば話すほど、自分が惨めになる。僕は行く。やるべきことがあるんだ」

「どこへだ？」

「それを言う義理はない。また、僕は君の前に現れる。……ああ、君のせいで眼《め》が醒《さ》めちゃったよ。何も考えずに気持ちよくなれていたのに。現実を突きつけられた。でも、ありがとう」

ノイシュが背を向ける。

そんな背中に声をかけようとして、背後からネヴァンが追い抜いた。

「あなた、いつからそんなつまらない男になったの？　弱くて、頭が悪いのは昔からですけど、愚かではありませんでしたのに」

ノイシュは振り向き泣きそうな顔をした。

俺の言葉よりずっと響いているようだ。

「ネヴァンからはそう見えているのか。僕は、ずっと、君に……いや、なんでもない」

「今からでも遅くありませんの。ルーグ様の言うことを聞きなさい。ルーグ様の手を振りほどいたら、どこへも行けなくなりますわ」

「……その言葉だけは聞きたくなかったよ」

それを言うと、今度こそ消えていった。

追いかけようにも、単純な速さなら比べ物にならない。

今のノイシュは勇者並みの身体能力。

ノイシュが見えなくなってから、ゆっくりとネヴァンが口を開く。

「馬鹿な幼馴染《おさななじ》みが、大馬鹿になってしまいましたわ。せめて、お礼の言葉ぐらい聞いてから消えてほしかったですの」

「また、会うだろう。あいつなりにいろいろと考えていたようだしな」

きっと魔族との戦いになれば現れる。

それに、ミーナからうまく情報を引き出すこともできるだろう。

「ええ、きっとそうですわ」

「にしても驚いたな、ノイシュはおまえのことが好きみたいだぞ」

「知ってますわ。昔から、いっつも背中を追いかけてきて」

なんでもないことのようにネヴァンが言う。

「その想《おも》いに応えるつもりはないのか」

「私はローマルングですから。それに、あれは弟みたいなものですの。手間がかかって目が離せない。本当に面倒」

「安心した。好きではあるようだな」

「勘違いしないでほしいですの。あくまで弟としてですから」

苦笑する。

ネヴァンは本気で心配しているし、種類は違ってもノイシュのことが好きだ。それはこれまでの行動を見ればわかる。

「さて、戻りましょう。魔族討伐完了の報告書を作らないと。これで、三体目の魔族が倒れましたの。この調子なら、あっさり魔族を全滅させられそうですわ」

「そうかもしれないな。……残りがライオゲルのような化け物じゃないことを祈るよ」

ライオゲルは強すぎた。

あれとは二度と戦いたくない。

「タルト、ディア、帰ろう。そろそろトウアハーデが恋しくなってきた」

ジョンブルの街、その後始末はネヴァンの部下に任せよう。

彼らが優秀だというのは、ここ数日の仕事ぶりを見て知っている。適当におおまかな指示を出せば、いい感じに処理してくれるだろう。

優秀な人材がいるのだから有効活用しなくては。

「はいっ、戻ったらルーグ様の大好きなトウアハーデ料理を作りますね」

「あっ、それいいね」

「私もついていきますの。そろそろご両親に挨拶しないと」

全員、意図的に明るく振る舞ってくれる。

友との別れで、落ち込んでいる俺を励ますために。

本当にいい子たちだ。

だからこそ、大切にしたいと思う。

「帰りはどうしようか。街まで遠いし、街がこんな状態だと馬車も手に入らないしな……。いっそ空を飛んで帰ろうか。今更、出し惜しみをしてもあれだしな。空を行けば半日もかからずトウアハーデに帰れる」

俺がそう言うと、タルトたちは目で合図をしあって、頷《うなず》き、一斉に口を開いた。

「「「賛成（です・ですわ）」」」

この瞬間、空の旅で帰還することが決定した。

飛行時間が長いので、ハンググライダーを生み出す方式にする。

帰るまで、もうひと頑張りするとしよう。

いい天気だ。

この気持ちいい青空を飛べば、ノイシュのこともこれからのことも、いいアイディアが浮かぶかもしれない。

あとがき

『世界最高の暗殺者、異世界貴族に転生する4』を読んでいただき、ありがとうございました。

著者の『月夜《つきよ》　涙《るい》』です。

四巻では、ようやくマーハにもスポットが当てられました。

あの子は出番が少ないのにも拘《かか》わらず人気があったので、ああいうシーンを書くことができました。作者としても好きな子なので、こうして出番を上げられて嬉《うれ》しく思います。

また、今回は新キャラも活躍します。そして、あのイケメンが帰ってくる！

五巻では、魔王や魔族とは別種の脅威がルーグに牙を剝《む》きます。ルーグがそれをどう切り抜けていくのかをお楽しみに！

宣伝

本書のドラマCD付き特装版が発売となりました！　ルーグ役を赤羽根健治《あかばねけんじ》さん、ディア役を上田麗奈《うえだれいな》さん、タルト役を高田憂希《たかだゆうき》さん、マーハ役を下地紫野《しもじしの》さんが担当！　とても豪華なメンバーです。

その脚本は私の書き下ろし。筆が乗って、普通のドラマCDの二倍という分量かつ、密度も高い力作に仕上がりました！　是非、聞いてくださいね。

暗殺貴族シリーズはコミカライズも発売中でして、重版連発で大人気ですよ！

また、ＭＦ文庫Ｊ様で新作が４／25に発売されます。

タイトルは、【英雄教室の超越魔術士　～現代魔術を極めし者、転生して天使を従える～（仮）】、現代魔術を極めた魔術士が、魔術学園で大活躍！　天使を従え、義理の妹と共に暴れ回り、滅びゆく世界を救う。

とにかくかっこいい主人公にこだわった作品、主人公ユウマのイケメンっぷりはルーグくんにも匹敵します。いろいろと暗殺貴族シリーズとの連動企画もあるらしいので、そちらも是非！

謝辞

れい亜《あ》先生、四巻も素敵なイラストをありがとうございます。ドラマCD付き特装版もあり、いつも以上に多くのイラストを描いていただきましたが、どれも素敵な出来で感謝しています！

角川スニーカー文庫編集部と関係者の皆様。デザインを担当して頂いた阿閉高尚様、ここまで読んでくださった読者様にたくさんの感謝を！　ありがとうございました。

世界最高の暗殺者、異世界貴族に転生する4
SEKAI SAIKO NO
ANNSATSUSYA
ISEKAI KIZOKU
TENNSEI SURU
4巻発売
おめでとう
ございます!!
同時発売の
ドラマCDを
とにかく聴いて…
聴いて…!!

次回予告
Next
「近いうちにご褒美を与えます――」
再びはじまりと邂逅したルーグは重要な情報を得るのだが!?
世界最高の暗殺者、異世界貴族に転生する
The world's best assassin,
To reincarnate in a different world aristocrat
⑤
2020年夏・発売予定!!
最新情報は公式サイトで!!
角川スニーカー文庫

世《せ》界《かい》最《さい》高《こう》の暗《あん》殺《さつ》者《しゃ》、異《い》世《せ》界《かい》貴《き》族《ぞく》に転《てん》生《せい》する4

著　月夜《つきよ》　涙《るい》

角川スニーカー文庫　22073

2020年4月1日　初版発行

発行者　三坂泰二

発　行　株式会社KADOKAWA
〒102-8177 東京都千代田区富士見2-13-3
電話　0570-002-301（ナビダイヤル）

印刷所　株式会社暁印刷
製本所　株式会社ビルディング・ブックセンター

Printed in Japan　ISBN 978-4-04-108971-2　C0193

★ご意見、ご感想をお送りください★
〒102-8177 東京都千代田区富士見 2-13-3
株式会社KADOKAWA　角川スニーカー文庫編集部気付
「月夜 涙」先生
「れい亜」先生

角川文庫発刊に際して

角川源義

第二次世界大戦の敗北は、軍事力の敗北であった以上に、私たちの若い文化力の敗退であった。私たちの文化が戦争に対して如何に無力であり、単なるあだ花に過ぎなかったかを、私たちは身を以て体験し痛感した。西洋近代文化の摂取にとって、明治以後八十年の歳月は決して短かすぎたとは言えない。にもかかわらず、近代文化の伝統を確立し、自由な批判と柔軟な良識に富む文化層として自らを形成することに私たちは失敗して来た。そしてこれは、各層への文化の普及滲透を任務とする出版人の責任でもあった。

一九四五年以来、私たちは再び振出しに戻り、第一歩から踏み出すことを余儀なくされた。これは大きな不幸ではあるが、反面、これまでの混沌・未熟・歪曲の中にあった我が国の文化に秩序と確たる基礎を齎らすためには絶好の機会でもある。角川書店は、このような祖国の文化的危機にあたり、微力をも顧みず再建の礎石たるべき抱負と決意とをもって出発したが、ここに創立以来の念願を果すべく角川文庫を発刊する。これまで刊行されたあらゆる全集叢書文庫類の長所と短所とを検討し、古今東西の不朽の典籍を、良心的編集のもとに、廉価に、そして書架にふさわしい美本として、多くのひとびとに提供しようとする。しかし私たちは徒らに百科全書的な知識のジレッタントを作ることを目的とせず、あくまで祖国の文化に秩序と再建への道を示し、この文庫を角川書店の栄ある事業として、今後永久に継続発展せしめ、学芸と教養との殿堂として大成せんことを期したい。多くの読書子の愛情ある忠言と支持とによって、この希望と抱負とを完遂せしめられんことを願う。

一九四九年五月三日

入栖
—Author
Iris
神奈月昇
—Illust
Noboru Kannnatuki
マジカル☆エクスプローラー
—Title
Magical Explorer
エロゲの友人キャラに転生したけど、ゲーム知識使って自由に生きる
Reincarnated as a Eroge Hero's Friend,
I'll live freely with my Eroge knowledge.
知識チートで
二度目の人生を
完全攻略！
特設ページはコチラ！
スニーカー文庫